Krakatoa

Veronica Stigger

Krakatoa

todavia

Para Hugo, Carlos e Victor

É fato:
  o Brasil não possui vulcão.
É fábula:
  o poeta equiparar-se aos eflúvios quentes do
  Vesúvio.
  Cobrir-se de cinza e lava o vivido.

Waly Salomão, "Cave canem/ Cuidado com o cão" (1995)

Krakatoa 11

Alba 13
Monólogo do carvão 23
Muntagna 24
Monólogo do gelo 28
Colégio 29
Monólogo da água 31
Eldfell 32
Monólogo do fogo 39
Popenguine 41
Colóquio (Caverna) 44
Massalia 51
Monólogo do petróleo 64
Aclimação 65
Colóquio (Mangue) 70
Aurora 74

Anak Krakatoa 77

Krakatoa

Alba

Somente depois que se fez silêncio no mundo foi possível distinguir com alguma nitidez o único som então audível: o do coro dos vulcões. Mesmo assim, nem todos os sobreviventes eram capazes de escutá-lo. Às vezes chegava a pensar que só eu os ouvia. Eu e os mortos. Não que fosse um infrassom, mas sua frequência fugia àquelas captadas pela maioria dos ouvidos humanos. Era preciso ter uma percepção mais aguda para estar apto a discerni-la — não necessariamente uma audição de morcego, talvez uma próxima à do lobo, como era a minha. O som gerado pelos vulcões não lembrava em nada qualquer outro produzido pelo aparelho fonador humano. Tampouco havia algum aspecto que remetesse aos sons emitidos pelos animais. Também não era como os demais sons gerados pela natureza, como o trovão mais violento, o tambor do vento batendo na janela nos dias mais frios do inverno, a metralha da tempestade caindo sobre um teto de zinco, a explosão das ondas do mar se chocando contra as pedras nos dias de ressaca, a melodia dos pingos na vidraça, a canção do rio correndo, o coro do volume colossal de água da cachoeira despencando violentamente, o tilintar das folhas das árvores tremulando nas florestas, o estalido do fogo crepitando, o sussurrar das asas dos pássaros se agitando. Muito menos se configurava como um som artificial, como o do grafite riscando a folha em branco, do giz deslizando sobre a superfície do quadro verde, dos dedos pressionando as teclas do computador, do copo de vidro caindo no chão, da colher de chá de metal sendo depositada sobre a xícara de cerâmica, do arrastar da cadeira, da porta se abrindo, dos pés descalços sobre a grama seca, do ventilador na velocidade máxima, do martelo golpeando um prego na parede, da batedeira funcionando, da máquina de lavar centrifugando as roupas, do varal se rompendo, da britadeira furando a calçada, das buzinas dos carros, da moto acelerando a toda velocidade, dos sinos da igreja no fecho da tarde, da âncora sendo lançada ao mar, do chocalho do xamã, de qualquer instrumento musical, do espanta-espírito agitado pela brisa, dos fogos de artifício. Era outra coisa: um ruído contínuo ao qual, por vezes, a intervalos de tempo difíceis de ser determinados, se sobrepunham sons que se tornavam paulatinamente mais graves para, em seguida, ir subindo aos poucos no espectro acústico até atingir o mais agudo. Qualquer comparação seria imprecisa, porque não parecia com nada que conhecemos. Mesmo assim, continuarei tentando dar conta do que ouvi. Quando grave, lembrava sons guturais, muito provavelmente produzidos pela garganta dos vulcões (as paredes internas do cone que, em sua extremidade superior, como uma boca, se abre para o mundo). Quando agudo, soava um tanto abafado, como um apito tocado por alguém debaixo de um grande e volumoso cobertor de feltro ou de uma enorme caixa de papelão. Por vezes, soava como o barulho de um corpo humano se chocando com o chão duro de um vale depois de cair de um despenhadeiro. Não era um som alto. Diria até quase imperceptível. Não era, portanto, como o grito de um vulcão entrando em erupção, *o grande grito da natureza*, como alguém o definiu outrora. Pelo contrário, tinha a impressão de que aquele coro só podia ser entoado em estados de profunda calmaria. Era um som discreto e algo melancólico. Embora quase inaudível, era potente. Não sei dizer se era bonito. Talvez porque não se encaixasse em nossas categorias estéticas, ou talvez porque eu não soubesse mais discernir o belo do seu avesso. Certamente não era grosseiro, mas também não chegava a ser agradável. Era um som que envolvia os poucos que o escutavam: constante, parecia, depois de um tempo, se integrar aos nossos próprios pensamentos, como se fizesse parte deles ou como se os controlasse. Se fosse preciso defini-lo com um único adjetivo, diria que era um som fascinante. Sentia-me, ao escutá-lo, como uma fera domada pela música de Orfeu. Não queria deixar de ouvi-lo. Não *podia* deixar de ouvi-lo. Tinha a impressão de que, se o fizesse, algo de ruim aconteceria. Ao mesmo tempo, temia que o próprio coro fosse um sinal pouco auspicioso. Isso se de fato fosse um sinal. Poderia ser apenas um som, um coro, outra forma de manifestação dos vulcões que não a lava ardente expelida com violência nos períodos de erupção. Só sei que, desde que começou, o som nunca deixou de soar. Não havia mais — pelo menos, para mim — a possibilidade do silêncio. Lembro vivamente do dia em que o percebi pela primeira vez. Era madrugada. Depois de um tempo desmedido rolando de um lado a outro na cama tentando dormir, havia acabado de pegar no sono quando senti uma vibração. Por alguns momentos, julguei se tratar de um princípio de sonho, mas a vibração se mantinha, contínua; não era ainda um som propriamente dito. Em estado de semiletargia, presumi então que fosse algum intruso, talvez um ladrão, embora já não houvesse mais quem ainda tivesse disposição para roubar. Quem está aí?, tentei perguntar. Porém, para meu espanto, não consegui articular as palavras. Minha boca se recusava a abrir. Quem está aí?, quis perguntar mais uma vez sem sucesso. Minha boca, no entanto, continuava fechada. Pensei, por uns instantes, que alguém a tivesse costurado enquanto eu dormia. Embora me parecesse impossível que isso houvesse ocorrido, vi-me passando a mão sobre os lábios para me certificar de que estavam livres. E estavam. Não havia sinal de linha cirúrgica, nem de linha de costura, muito menos de cola. Talvez eu não pudesse falar em função do longo tempo em que permanecera em silêncio. Ou quem sabe eu não tivesse despertado de todo. Ainda sem tirar a cabeça do travesseiro, enfiei os cinco dedos entre os lábios e forcei a entrada, abrindo devagarzinho a mão. Os lábios se afastaram, mas os dentes continuaram cerrados. Mais desperto em função do esforço, sentei na cama e firmei o dedão direito nos dentes incisivos, que se projetavam levemente para a frente. Empurrei-os com fúria para cima. A arcada superior resistia. Os molares superiores e inferiores pareciam grudados. Insisti. Empreguei toda a força de que dispunha naquela hora da madrugada, semiacordado, e continuei a empurrar. Conforme a arcada ia cedendo, ia depositando um a um os dedos da mão esquerda sobre os dentes inferiores, os quais compelia para baixo. A boca então foi abrindo, aos poucos e com muita dificuldade. Meu maxilar doía como nunca havia doído antes. Com a boca aberta e completamente desperto, tentei novamente falar. Mas agora era a língua que se recusava a mover-se. A essa altura, já não me preocupava mais com a vibração que julgara ter sentido, mas com a desobediência de meu aparelho fonador, que dava mostras de que não mais respeitaria as ordens que o cérebro lhe enviava. Levantei da cama de um salto, escancarei ainda mais a boca com a ajuda das mãos e puxei todo o ar que tinha no peito. Queria expulsá-lo num grito. Senti o diafragma se contrair e, em seguida, relaxar, liberando o ar pela boca, mas sem articular o que quer que fosse. O que emergiu de mim estava longe de ser um grito. O máximo de som que consegui produzir foi um débil gemido, um ínfimo estertor, como o do moribundo em seus últimos instantes. Joguei-me na cama irritado e esmurrei o travesseiro de punho fechado até sair de dentro dele meia dúzia de penas. Uma nova vibração interrompeu meu ataque de ódio. Quem está aí?, quis perguntar mais uma vez, sentando de novo na cama. Mas não havia ninguém. Nunca houvera ninguém. O apartamento estava vazio desde antes do começo do mundo, desde aquele ano em que vulcões adormecidos havia décadas, séculos, milênios despertaram repentinamente e ao mesmo tempo, cuspindo fogo por dias e dias seguidos, devastando ainda mais as cidades já arruinadas nos seus arredores. A esses vulcões, se juntaram outros que nunca deixaram de explodir a intervalos irregulares, associados a terremotos de magnitude considerável. O mundo parecia estar entrando em convulsão. No entanto, da mesma maneira imprevista com que os vulcões se puseram em atividade, um dia, como que por encanto, serenaram — e tudo o mais também serenou. Fez-se então o grande silêncio. Nenhum cálculo matemático foi capaz de prever a erupção simultânea desses vulcões há muito inativos. Nunca entendi ao certo a teoria do caos, mas confesso que, depois de ler sobre o efeito borboleta (que poderia, segundo alguns, ser uma possível explicação para a súbita atividade concomitante dos vulcões), gosto de imaginar que a culpa de tudo é minha, e isso faz de mim um deus e um carrasco. E, de fato, nos infindáveis meses de solidão e recolhimento que antecederam o acontecimento dos vulcões, uma borboleta amarela surgia diante da minha sacada diariamente, sempre no mesmo horário, e ficava a dar voltas no ar por alguns minutos enquanto eu pegava sol e admirava o seu balé. Numa dessas tardes, estendi o braço para fora e ela pousou na minha mão. De perto, era ainda mais bonita do que em voo. O amarelo de suas asas resplandecia, solar. Depois de alguns instantes, ela voou e nunca mais apareceu. Meses mais tarde, quando os vulcões entraram em erupção, lembrei dela. Se eu não tivesse interrompido seu voo, os vulcões teriam expelido lava, todos juntos a um só tempo? Seria mesmo possível que um evento tão breve e tão irrelevante como esse tivesse grandes consequências? Talvez a noção de causa e consequência seja uma ilusão apenas humana, que não vale para os vulcões. Naquela madrugada em que ouvi o coro pela primeira vez, conforme as estrelas iam se pondo e a noite ia cedendo ao dia, a vibração foi se transformando num rumor mais audível e prolongado. Calcei meus chinelos, pus-me de pé e saí do quarto em busca da origem do barulho. Sem acender a luz, imaginando que no escuro poderia ouvir melhor, segui pelo corredor até a cozinha, onde parei e apurei os ouvidos. O rumor era o mesmo: nem mais alto, nem mais baixo. Abri as janelas basculantes para ver se havia alguma alteração. Nenhuma. Segui pela área de serviço até onde fica a máquina de lavar roupas e o varal. Lá, a janela permanecia aberta, mas não havia qualquer mudança: o som era sempre igual. Fui, por fim, até a sala e dali à sacada, de onde costumava ver a borboleta amarela se exibir. Quando me debrucei no parapeito e olhei para a nesga de horizonte visível entre a cordilheira de prédios que se estendiam por todos os lados, notei que amanhecia. Notei também que o som havia se alterado, mas não porque eu estivesse mais próximo da rua, mas porque, às primeiras luzes da alvorada, o rumor principiava a adquirir uma certa cadência. Minha respiração então se acelerou como se tivesse corrido, desesperado, por três ou quatro quadras, fugindo de assaltantes ou coisa pior. O coração começou a bater rápido e descompassado. Um tremor percorreu-me o corpo, indo da parte de baixo da espinha até o alto da cabeça. Soltei um gemido, o único som que conseguia emitir. Minhas pernas amoleceram e, achando que ia cair, segurei com força no parapeito. Olhando para fora, para os postes de iluminação que começavam a se apagar, busquei controlar a respiração. Inspirei e expirei algumas vezes em ritmo lento até me acalmar por completo. Quando me recuperei, percebi que havia ejaculado. Meu pijama, na altura da virilha, estava completamente molhado. E o esperma seguia brotando do pênis, escorrendo pelas pernas e lambuzando os chinelos. Não parava. Não conseguia fazê-lo parar. Quando havia ficado ereto? Estava assim desde que acordei? Não me lembro de sentir o pau duro quando ouvi a primeira vibração. Tampouco lembro o que estava sonhando. O ruído e, sobretudo, a impossibilidade de falar haviam me desnorteado. Tentei me masturbar ali mesmo, na sacada, supondo ingenuamente que me esvaziaria de esperma e, assim, interromperia o fluxo. Mas não foi o que aconteceu. Eu continuava a jorrar. Quanto mais claro ficava o dia, mais eu gozava sem controle e mais distinto se tornava o som. Na sacada, percebi que o ruído não provinha da rua. Ou melhor, não se propagava desde a rua, mas estava por toda parte. Atravessava o concreto das estruturas e das paredes do prédio como se fosse um fantasma cinematográfico. Não havia janela antirruído capaz de detê-lo. O som as ignorava, assim como ignorava a altura: da rua, do salão térreo do edifício, do sétimo andar onde eu vivia ou do terraço do mais alto arranha-céu, era ouvido na mesma intensidade. Amanhecera e o som havia, afinal, se convertido num coro: o coro de vulcões. Era música, mas não o tipo de música a que fomos acostumados. Nem a música mais experimental composta por homens ou mulheres soava como aquele coro. Se o que passei a ouvir então era música, a vibração que lhe precedera lembrava a afinação de uma orquestra, aquele instante em que os sons produzidos pelos instrumentos tocados pelos músicos já posicionados em seus lugares ainda não adquiriram uma forma. O coro, porém, não tinha esse caráter informe, preparatório. Ele já era o espetáculo. Todos os mil e quinhentos vulcões tomavam parte nele. Como atores impossibilitados de se mover pelo palco, assumiam seus papéis no concerto do lugar mesmo onde estavam, sem a necessidade de caminhar até a boca de cena. Assim, era inviável assistir à apresentação como um todo, porque ela se dava em toda parte, espraiando-se pelo planeta e confundindo-se com ele. Não havia ponto na Terra de onde fosse possível apreciar todos os vulcões ao mesmo tempo. Tampouco seria possível do espaço, já que, por ser uma esfera, a Terra jamais se dá a ver a um observador externo em toda a sua extensão. É certo, porém, que não havia algo a ser visto, mas ouvido. E o som chegava a todos os confins na mesma intensidade. Eu me deleitava pensando que a metáfora do mundo como teatro chegara à sua forma máxima ao mesmo tempo que deixava de fazer sentido. Não era mais uma metáfora. E o mais bonito é que, nessa reencenação do teatro do mundo, quem parecia estar no comando não era mais alguma divindade, nem mesmo a natureza, mas os próprios vulcões, os únicos atores com comunicação direta não com o que pode haver de mais alto e elevado, mas com o que há de mais baixo e profundo: a própria entranha ardente da Terra. Talvez não fosse música, cogitei, mas uma espécie de fala; todavia, uma espécie de fala musical só possível de ser compreendida pelos próprios vulcões. O magma era a linguagem deles e, ao mesmo tempo, seu canal de transmissão e recepção. No início, achei que fosse um coro constituído de um único naipe vocal (resisti a usar o adjetivo *vocal* para me referir ao som emitido pelos vulcões, mas não encontrei outro mais apropriado: não se tratava propriamente de voz, mas ao mesmo tempo não deixava de ser uma voz, contanto que consigamos esquecer, de uma vez por todas, o privilégio da voz humana). Contudo, quando eu fechava os olhos, era capaz de distinguir diferentes extensões e tessituras. E essas eram incontáveis, em muito maior quantidade do que aquelas que conhecíamos a partir das limitadas experiências musicais de homens e mulheres, ou mesmo da natureza não vulcânica. Não seria capaz de identificá-las e enumerá-las justamente porque fugiam às categorias vocais com as quais estava familiarizado. Também, no princípio, acreditei ser um coro que se exprimia em uníssono. Por um período, talvez até tenha sido. Mas, se assim foi, não durou muito. De resto, com o decorrer dos dias, dos meses, dos anos, meus ouvidos se educaram a escutar a música dos vulcões. Hoje, percebo que as emissões, além de serem diversas, se alternam. Por vezes, os vulcões italianos, que têm timbres muito parecidos, se elevam e produzem um som nem grave, nem agudo, que se mantém estável, tal qual o motor de um ar-condicionado antigo ainda em funcionamento. A esse som, respondem, num quase uníssono, os vulcões chilenos e, em seguida, os mexicanos, também executando um som médio, mas diverso do dos italianos, porque se encontram em círculos de fogo distintos (os vulcões não respeitam as divisões políticas do mundo, mas as geológicas). Momentos depois, os da Islândia respondem, percorrendo a escala acústica do mais grave ao mais agudo. São, parece-me, os que têm o maior alcance. Reparei que os vulcões indonésios, talvez por serem muitos, se dividem em subgrupos de pouco mais de uma dezena em determinadas ocasiões (que não soube ainda precisar quais) e se alternam sucessivamente na emissão de um mesmo som, que parece imitar o som contínuo dos vulcões mexicanos. Esse som disperso dos vulcões indonésios costuma ser a deixa para a entrada dos vulcões japoneses e, depois, dos americanos. Os russos, por seu turno, secundam os africanos, quando estes elevam seu melhor agudo depois do quarteto formado pelo Etna, Mauna Loa, Ojo del Salado e Anak Krakatoa. Sentia, agora, que talvez soubesse reproduzir alguns dos cantos com assobios, mas nunca recuperei a capacidade de produzir qualquer som mais articulado para poder testar. Também nunca deixei de ejacular, mas o volume de esperma se reduziu consideravelmente em relação àquela madrugada. É mais um fio rarefeito, mas interminável, como se prestes a terminar, sem jamais terminar. Já faz tempo que, por conta disso, desisti de usar roupas. Como não saio do apartamento, não vi problema em andar nu, mesmo quando vou à sacada. Nessa alvorada, no entanto, acordei ejaculando como da outra vez, aos borbotões. Levantei assustado, sem saber muito bem o que estava acontecendo. De pé e desperto, percebi que um solo se sobrepunha ao coro, que havia se transformado numa espécie de distante acompanhamento. O solista — reconheci pelo timbre — era o Eldfell, o vulcão que nascera algumas horas depois de mim há quarenta e oito anos e que nunca mais entrou em erupção. Não sabia explicar como agora entendia perfeitamente o que ele cantava. Era um canto longo e monótono, uma canção de alba ao modo dos vulcões: traçava um longo arco que ia da aurora ao crepúsculo, do começo ao fim dos tempos. Iniciava com a separação dos planetas e com o nascimento dos vulcões não apenas na Terra, mas em todo o universo. Contava como a vida principiara e como tudo se desenvolvera desde então até a catástrofe e, desta, até o fim ainda por vir. Contudo, conforme o canto se aproximava da revelação final, menos nítido ele se tornava para mim. De súbito, passava da compreensão à incompreensão, e não entendia mais nada do que era cantado. Mas não era só eu. Os outros vulcões também pareciam não entender mais o que entoava seu companheiro e iam aos poucos se calando. Só o Eldfell sabia como tudo acabaria — e o seu canto tomava agora a forma de um segredo.

Monólogo do carvão

O mundo estava completamente devastado. Só restava intacta a caverna no alto do morro de onde, como deuses, contemplávamos a destruição. Era nosso Ararat, e era nosso Olimpo. Abaixo de nós, nada mais se mantinha íntegro. Os outros morros haviam desmoronado, como se potentes e inúmeros explosivos tivessem sido disparados simultaneamente em seus interiores. Os prédios haviam desabado. As ruas, sobre as quais se precipitaram as pesadas ruínas, estavam esburacadas. Em alguns pontos, grandes valas se abriram e, de dentro delas, emanava um gás fétido e ardente. Rachaduras no solo trincavam as estradas. Os carros foram esmagados pelos escombros das construções e dos morros. Seus restos metálicos e seus vidros partidos em mil pedaços se integraram ao solo, compondo um mosaico. Havia por toda parte restos de papel, de plástico, de comida e de todos os líquidos imagináveis. Havia também fragmentos de tecidos orgânicos tão pequenos que ninguém poderia determinar suas procedências: se humanos, animais, vegetais. As árvores haviam sido todas postas abaixo. Seus galhos estavam pelados, e as poucas folhas que se achavam pelo chão, secas. Não havia mais verde. Não havia mais nenhuma cor, a não ser o vermelho das chamas que brotavam em inúmeros pontos, como fogueiras de São João.

Muntagna

Estavam todos mortos, mas não sabiam. Ou fingiam não saber. Eram quarenta e oito ex-colegas de escola. Todos tinham quarenta e oito anos, como eu. Os três que haviam morrido mais jovens não apareceram, embora também tivessem sido convocados. Todos vestiam calças cinza-escuras e camisetas vermelho vivo. Alguns achavam que o traje fora escolhido em referência ao antigo uniforme escolar. Mas não, segredou-me ao ouvido Sandro, que havia acabado de parar ao meu lado sem que eu percebesse sua aproximação. Fora escolhido pela própria Muntagna. Designava pelas cores os dois principais momentos de sua lava: ardente e petrificada. Todos — homens e mulheres — tinham os cabelos raspados, como se fossem reclusos de um antigo sanatório ou integrantes de alguma seita por vir, e andavam em fila indiana. Seguiam a pé — muito sérios e sem trocar palavra — em direção à Gruta da Neve, que, depois do começo do mundo, voltou a se chamar Colégio. Nada em suas aparências indicava que estivessem mortos. Seus movimentos eram ágeis. Suas bochechas estavam rosadas, e suas peles — talvez excessivamente elásticas e brilhantes — douradas pelo sol de verão. Suas carecas resplandeciam à luz do amanhecer. Momentos antes de iniciarem a longa caminhada, ainda de madrugada, podiam ser vistos sentados no chão, na parte mais baixa da *vulcanessa*, com as pernas cruzadas à frente (como faziam nas aulas de artes quando crianças), a trançar cestas de palha com tal celeridade que suas mãos pareciam máquinas.

Eram essas cestas que carregavam agora às costas, presas às cabeças por uma alça tramada na borda. Dentro de cada cesta, havia uma pá, um pouco de feno e um monte de folhas secas. Subiam pela estrada de pedras vulcânicas, que lembrava as antigas vias romanas, mantendo sempre uma mesma cadência — nem lenta, nem acelerada —, como se marcassem o ritmo de uma música inaudível. Levaram quase três horas para chegar ao Colégio, que se localizava a mais de mil e cem metros acima do nível do mar. Ao transpor a cerca de madeira que o rodeava, desfizeram a fila indiana. Circundaram o telhado de palha que eles mesmos haviam tramado no inverno para cobrir a entrada da gruta: uma imensa boca de vinte metros de diâmetro aberta na altura do chão, com uma profundidade de dez metros. O telhado era grande o suficiente para esconder o interior e fora colocado sobre uma espécie de ponte de lava petrificada que ligava os dois lados da embocadura, a mais ou menos um metro e meio acima do chão. Largaram as cestas ali perto, seguraram as bordas do telhado e, juntos, contaram até três, depois do que ergueram a cobertura acima de suas cabeças. Só quando vi o telhado erguido notei que eles haviam se organizado desde o começo por ordem de altura para que, quando chegasse este momento, não fosse preciso que os mais baixos andassem na ponta dos pés como bailarinas. É verdade que o telhado ficava em desnível, mas, pelo menos, parecia firmemente sustentado. Caminharam com o telhado alguns metros para a esquerda, onde havia um descampado, e o depositaram no chão. Recuperaram as cestas e retornaram ao Colégio, circundando novamente sua entrada, agora aberta. Do alto, via-se uma cama de folhas secas, a menos de meio metro da borda. Contaram novamente, em uníssono, até três e, em seguida, pularam em cima das folhas com as cestas às costas. Uma vez dentro da gruta, empilharam as folhas num canto, revelando uma nova camada, esta de feno, que arremessaram para fora com as pás. Embaixo, havia gelo que fora recolhido por eles mesmos no inverno e ali armazenado para durar até o verão. Quando a Muntagna se cobria de neve, contou-me Sandro, eles apareciam com as mesmas calças cinza-escuras, mas com grossas japonas vermelhas de náilon e as cabeças protegidas por gorros de lã também vermelhos, e compactavam com as pás os flocos de gelo, que eram então guardados nas cestas trançadas naquele mesmo local momentos antes. Largavam então o gelo no Colégio, despejavam feno e folhas secas sobre ele para preservar a temperatura que, naquela gruta, era sempre baixa, e se juntavam para trançar o telhado em palha. Desde quando eles fazem isso?, perguntei a Sandro, evitando voltar-me para ele. Pelo canto do olho, notei que ele também vestia calça cinza-escura e camiseta vermelho vivo, mas não estava com a cabeça raspada: exibia sua cabeleira loira com o mesmo corte de quando nos vimos pela última vez havia mais de três décadas (segundo a antiga contagem do tempo do mundo). Desde o começo desta era, respondeu-me ele, também sem virar. E por que você não está entre eles?, perguntei ainda. Pela mesma razão de você também não estar, respondeu-me. E completou: ao contrário deles, vimos nossas sombras no fundo do poço naquela madrugada de São João quando houve a grande gincana na escola. A voz dele não era mais a mesma. Ou eu me esquecera de como ela era. De qualquer modo, não saberia dizer o que havia mudado. Suspeitava que não era o timbre, mas o ritmo e o volume da fala: mais pausado, mais baixo, quase num sussurro. Parecia cansado. Sandro, na verdade, nunca fora muito vivo. Compreendi de súbito que ele sempre teve, desde o princípio, quarenta e oito anos. Hoje seria São João se continuássemos a computar o tempo da mesma maneira que antes, eu disse. Eu sei, respondeu-me e calou-se. Os ex-colegas quebraram o gelo com as pás, juntaram os pedaços e encheram as cestas de palha. Taparam o gelo de novo com feno e folhas secas, ajeitaram as cestas nas costas e escalaram, com certa dificuldade, as pedras de basalto que recobriam as paredes internas do Colégio. Uma das mulheres — aquela que na infância se fantasiava de Branca de Neve — caiu ao tentar subir a parede escorregadia. O mais alto e forte da turma, que já estava do lado de fora do Colégio, pulou de novo para dentro para ajudar a colega. Ofereceu-lhe um pezinho, e ela conseguiu sair da gruta. Todos se puseram em fila indiana por ordem de altura, tomaram a estrada de pedras vulcânicas e desceram em direção à cidade. Já era depois do almoço quando alcançaram o trailer de granita do Victor, que os esperava lá dentro, sentado num banco alto, com os braços cruzados e apoiados na bancada que se estendia de ponta a ponta da imensa janela aberta. Ele vestia uma camisa branca de chef com frisos em vermelho vivo, a mesma cor de sua calça. Sua cabeleira loira se parecia com a de Sandro, que — só agora percebia — já não estava mais conosco. Victor também tinha quarenta e oito anos — e isso era impossível. Seu trailer era todo branco recoberto de motivos primaveris: folhas, flores e pequenos galhos pintados por ele mesmo em espiral nas cores vermelho, verde, azul, rosa e amarelo. Ao ver o grupo se aproximar, Victor levantou e abriu a porta, permitindo que cada um entrasse e depositasse no recipiente adequado o gelo recolhido. Feito o serviço, os ex-colegas apanharam suas cestas e, sempre em fila indiana, seguiram de volta para a Muntagna. O sol já se encaminhava para o ocaso quando Victor terminou de preparar as granitas. Tinha mais de vinte sabores diferentes. E não havia vivalma para comprá-las. Aproximei-me então do trailer. Apalpei os bolsos da minha calça cinza-escura e encontrei uma última moeda. Estendendo-a ao Victor, perguntei qual sabor ele recomendava. Jasmim, respondeu. E é bom?, perguntei. Os sicilianos gostam, garantiu ele.

Monólogo do gelo

É preciso extinguir o fogo.
É preciso cessar o calor.

Que ventos polares se levantem
e tragam consigo o dilúvio.

A morte do gelo
é tornar-se água.

Colégio

O que se vestia de bailarina virou polícia; o que tinha ideias revolucionárias, também; a que lavava o cabelo com leite, advogada empresarial; o comunista, carola; o de língua presa, chef; o mais pirado, dono de pizzaria; o que viera do centro do país, agrônomo; o bonitão da turma, médico em Estrela; a que amava os esportes, vegana; a de rosto redondo, arquiteta; a que dançava girando em torno de si mesma, também; o ruivo, pai; o que não tinha mamilos, fascista; o que não brigava com ninguém, publicitário; a que brigava com todo mundo, técnica do Tribunal de Contas da União; o que misturava lambada com Frank Sinatra, ginecologista; a mau-caráter, escritora; o discreto, fotógrafo; a fofoqueira, tabeliã; o atencioso, como era de esperar, professor; a Branca de Neve, proctologista; a madrasta, hoteleira; o Príncipe desapareceu em 1988; a que quase não falava fugiu para a Austrália; a que cantava música sertaneja, para Londres; a crespa alisou os cabelos; o liberal continuou liberal; o que queria ser político está estudando húngaro; o piadista ainda sonha em ir para a Tailândia; o que tinha cabelo de Príncipe Valente, para o Canadá; os três que tinham doenças congênitas morreram aos treze, aos trinta e aos quarenta e quatro anos; há ainda o que comprou uma casinha numa praia em Santa Catarina; a que casou duas vezes num templo budista; os que se separaram; os que tiveram filhos; os que continuam sós; o que se perdeu na Patagônia; o que vai sempre esquiar em Bariloche; o que viaja para esquecer que existe; o que foi morar na China; a que se escondeu em São Paulo; o que se refugiou numa capital do Nordeste; a que se encontrou em Brasília; o que se mudou para o interior do Rio Grande do Sul; o que voltou a morar com os pais; o piloto de avião; a ecologista; o bancário; a dentista; a defensora dos animais; o cantor amador; a cuidadora de velhinhos; o gerente da loja de eletrônicos; o diretor da firma; o analista de sistemas; o engenheiro; a esportista; o empresário; o psiquiatra deleuziano; o treinador de futebol; as arquitetas; os arquitetos; as advogadas; os advogados; a professora universitária; o professor de línguas; a herdeira; o bêbado; o mendigo. E havia o Sandro, de cujos rosto e sobrenome ninguém se lembra.

Monólogo da água

Uma vez, disseram-me que, quando os tempos chegarem ao fim, toda a magia de existir se concentrará num único peito de mulher e, deste peito, sairá um grande grito: uma única e isolada voz que então deixará de ser humana para se tornar uma caixa de ressonância e desespero. Esse grito ecoará por toda a Terra por dias e dias — assustando os animais, agitando as plantas, despertando os vulcões adormecidos — até que o peito de onde partiu não tenha mais forças para emitir qualquer som e, de súbito, emudeça. Quando isso acontecer e nenhum outro ruído se ouvir no planeta, a não ser aquele das folhas se agitando ao vento, do fogo crepitando, dos rios correndo, das ondas batendo nas pedras, do gelo derretendo sobre o solo, das correntes de ar uivando nas frestas, saberei que é chegado o instante por mim tão esperado e para o qual me preparei desde que me foi dada existência. As águas se elevarão todas ao mesmo tempo, aos poucos, sem alarde. Brotarão de todos os bueiros e dos ralos de todas as casas, inundando-as paulatinamente. As marés subirão e se alastrarão pelas costas, submergindo-as. Os oceanos se juntarão todos numa grande massa líquida. Ondas de trinta metros de altura se formarão. As cidades litorâneas serão as primeiras a desaparecer depois de Veneza, que afundará logo ao final da primeira semana. As águas continuarão subindo, dia após dia, semana após semana, mês após mês, até que cubram e calem os vulcões despertos pelo último grito humano. Em um ano, não haverá mais nada, apenas água: água por toda parte. E estarei enfim gestando um planeta cadáver.

Eldfell

Fui eu quem arrancou o tribunal daquele zoológico para extraterrestres e o trouxe para cá, este outro planeta dentro do planeta. Depositei o tribunal em cima do vulcão bem no dia do aniversário deste. Não era meu presente de aniversário para ele. Não sei se daria o tribunal de presente a um amigo. E é isso que o vulcão é: um amigo meu. O meu presente era a dança que improvisaria em cima da mesa do plenário, assim que o tribunal estivesse instalado. Trouxe o tribunal para cá porque havia lido no Natal que a ilha de Heimaey tem a forma barriguda do Brasil. Achei que comporia bem. Mas posso ter achado errado. Como eu, o vulcão estava fazendo quarenta e oito anos. Nasci exatamente treze horas e vinte e cinco minutos antes dele. Fui eu também quem fez o mapa astral do vulcão. Na verdade, larguei os dados do vulcão num site que faz o que não sei. Tanto ele quanto eu somos aquarianos; ele é mais voluntarioso, eu mais entusiasmado, e ambos, além de cínicos, temos uma batelada de Capricórnio espalhada pelos astros. Não sei o que isso significa, mas não deve ser coisa boa. Quando nascemos, uma revista noticiava que as águas dos oceanos Pacífico e Atlântico se encontrariam um dia, fazendo desaparecer toda a América Central. Não conheço a América Central e acho que nunca vou conhecê-la. Não gosto de nada que seja central. Por isso trouxe o tribunal para cá: ele é retangular. Mas trouxe só o plenário, sem as paredes e o teto. Queria que ele ficasse a céu aberto, com chuva e neve caindo sobre a mesa e as cadeiras.

Queria ver o carpete ir paulatinamente se estragando, se rasgando, se decompondo, sofrendo o mesmo desgaste da malha justa de fauno que estou vestindo desde o início do século passado, quando ainda contávamos o tempo em anos, décadas, séculos, milênios. Queria ver o tribunal perder sua pele. Tive o cuidado de deixar a carcaça do prédio no lugar onde estava. Para ninguém notar a ausência. Antes de partir, taquei fogo no crucifixo que estava numa das paredes do plenário. Que Cristo ardesse no inferno daquela cidade sem encruzilhada, daquela estrela espatifada. Alguém já disse que falta macumba lá. Falta magia. A cidade roga praga a quem pisa nela. Por isso, só restaram os fantasmas, que esqueceram o que é ter medo. Quando as águas cobrirem a América Central, alguém perceberá que o tribunal foi sequestrado. Nesse dia, estarei dançando. Espero que ainda reste um pedaço da malha de fauno para cobrir meu corpo. Sinto frio apesar de estar morto. Morri em mil novecentos e dezenove quando me internaram na clínica. Mas ninguém ainda sabe. Eu sei, mas o russo não desconfia. Ele pensa que não o vejo, mas o vejo, sim. Eu durmo com ele. Partilhamos da mesma cama desde a clínica. Fui eu, aliás, quem o matou. Sem mim, ele jamais teria conseguido equilibrar o tribunal sobre a parte mais alta do vulcão, de onde se avista a cidade, o mar e, além dele, um horizonte sem fim. Se espichar bem o pescoço, avista-se até a piscina quase centenária em que batizamos o tribunal antes de trazê-lo para a ilha. Em suas águas quentes, verdes e cheias de algas e cinzas daquele outro vulcão de nome impronunciável, mergulhamos o tribunal três vezes. Ele cabia direitinho ali. A piscina parecia ter sido construída para ele. O russo cogitou abandonar o tribunal submerso nas águas. Mas achei melhor não. Afinal, tínhamos uma missão a cumprir. Na clínica, não fazia frio como aqui. Deveria ter aceito o tapetinho de pele que o andaluz me ofereceu para cobrir os ombros e me aquecer. Mas não queria nada dele. Odeio o andaluz. Ele me excita. Por que não é ele que está morto? Se estivesse morto como eu, não estaria agora em cima da mesa do tribunal dançando a música que me consagrou. Que ousadia! Não há ninguém para tirá-lo dali? Onde estão todos? Onde estão os papagaios? Não escuto mais seus arrulhos. Até eles desapareceram. Quando trouxe o tribunal para cá, pensei que os papagaios pudessem cagá-lo todo. Queria ver aquelas cadeiras de couro, de espaldares tão altos, cobertas de merda. O carpete do piso todo salpicado de cocô esverdeado. A longa mesa de madeira de lei besuntada de fezes. É algum tipo de ironia ser *de lei* a madeira dos móveis do tribunal? Eu sou a lei. Já fui deus, já fui pantera, já fui a sopa de couve que a minha mãe me preparava na infância na Rússia. Mas agora eu sou a lei. Sou Têmis e meu filho é o vulcão. Basta um fósforo só para mostrar a incógnita de pó em que todos os seres se resolvem. Risco o fósforo e sou o fósforo. Sou o fogo. Minha cabeça arde como uma cabeça de Medusa incandescente. Lanço labaredas ao céu do alto do meu crânio partido. Caem fagulhas sobre os trapos da minha malha de fauno e minha pele queima. Voo até a mesa do tribunal e empurro o andaluz. Sou o Pássaro de Fogo. Pássaro que caga no próprio ninho é ave de mau agouro. O andaluz rola vulcão abaixo e para sem se mexer. Talvez esteja morto. Eu me aproximo da bandeira que fica atrás da cadeira do presidente do tribunal e a incendeio. O verde das matas agora arde como minha cabeça. Arde como ardeu o Cristo crucificado da parede do tribunal. Não é praga que pega, é fogo. Eu sou a praga e lanço uma maldição sobre esta bandeira. Disseram-me que o losango amarelo era desespero. Seja o que for, ele queima também. As chamas já estão chegando às estrelas, e eu danço sozinho sobre a mesa do tribunal. Danço a dança da primavera, para que ela se antecipe e acabe com todo esse sofrimento. Não vou descer daqui para ver se o andaluz se mexe. Não me interessa saber. Odeio ele. Já disse que ele me excita?

Por que ele está tão silencioso? Por que não levantou e voltou a sapatear? Terá morrido? Vou espiar. Vejo que seu longo vestido preto está coberto pela areia vermelha das costas do meu filho vulcão. Dorme, filhinho, dorme bem calminho. De noite, vai nevar. De dia, estarás mortinho. O russo e o andaluz pensam que estou hibernando, mas aqui ninguém dorme. Não há mais ninguém para dormir. Ninguém para cavar a terra vermelha das minhas costas e liberar o ar quente que guardo em mim. Pensam que estou morto, mas um mar de fogo se agita nas minhas entranhas. Um dia, cuspo esse fogo todo fora, como fazem alguns de meus irmãos. Se o tribunal ainda estiver sobre as minhas costas, será o primeiro a ir pelos ares: um retângulo em chamas. Pena que não há mais ninguém por perto. Gosto de ver o espetáculo dos pequenos corpos em fuga, gritando, correndo, pedindo por aquilo que nunca tiveram e que chamam de vida. Mas agora não é hora de gritar. Nem de cantar. O fim do dia pede silêncio. Eu me calo. E não me mexo. Ninguém se mexe. Ninguém se mexe. De onde estou — de onde nunca saí, de onde nunca sairei —, só me resta olhar as estrelas, que piscam de volta para mim. Sou só. Não há mais ninguém aqui, além do russo e do andaluz. Ninguém para dormir comigo. Ninguém para ver o tribunal. Até os papagaios desapareceram. Não escuto mais seus arrulhos. Restaram apenas esses fantasmas com os rostos cobertos por máscaras. Seus olhos, os únicos órgãos à vista, perderam a expressão. Não dizem nada. Parecem estar cansados de vagar. Dorme, vulcão. Dorme, filhinho. Dorme bem quentinho. De noite, todos morrerão. De dia, estarás sozinho. Têmis tem os olhos bem abertos. Diké também. A Justiça não. A Justiça usa a máscara de maneira errada. Um dia, morrerá por conta desse descuido. Começou a chover. Achei que ia nevar, mas chove a cântaros. Temo que o tribunal não resista, ainda mais depois do mergulho na piscina. Foi o andaluz que inventou de mergulhar o tribunal na piscina. Queria batizá-lo. O couro das cadeiras já está se desgastando. Ah, não! A bandeira está deixando de arder! O fogo nem mesmo chegou até as cadeiras, até as mesas, até o púlpito e já arrefeceu. Não pegou nem mesmo no carpete! Chove muito. Minha cabeça deixou de ser um lança-chamas. Estou ensopado. Minha sapatilha está encharcada e tenho dificuldade para dançar. Quero pular com força sobre a mesa como fazia na juventude, mas não consigo. Meus pés pesam. Tento alçar o corpo para o alto, mas meus pés fixam-se na madeira da mesa, como se estivessem pregados a ela. Madeira de lei. Talvez seja a lei que me impeça de saltar. O russo ignora que eu não só o vejo, como também o ouço. E isso me cansa. Pássaro que muito canta caga no ninho. Sinto frio e, por isso, sei que não estou morto. Deveria ter posto nos ombros o tapetinho de pele que ofereci ao russo. O que me salva é este ar quente que sai do buraco no chão aberto pela pancada da minha cabeça. Não quero levantar daqui. É reconfortante. Na verdade, não sei se conseguirei levantar. Minhas pernas se recusam a obedecer meus comandos, e acho que quebrei os braços na queda. Maldito russo! Se houvesse alguém aqui, pediria socorro. Mas todos se foram. Até os papagaios desapareceram. Não escuto mais seus arrulhos. E eu preciso voltar ao tribunal. Preciso retomar a minha dança. Ah, vulcão, meu irmão vulcão, tu que és tão forte, eu te imploro, estende-me tua língua de fogo e me lança até o tribunal. Aqui, ninguém dorme. Pensam que estou morto, mas estou com os olhos bem abertos. Bem abertos. Montanha de fogo. Montanha de fogo. Antes fosse. Antes fosse. Batizaram-me assim há quarenta e oito anos. Mas sou, de fato, ninguém, ninguém, ninguém, um mero vulcão, e trago comigo o segredo. Falta pouco para raiar o dia. Vamos, despeça-se, noite. Ponham-se, estrelas, para que a luz resplandeça. Ao alvorecer, vencerei. Venceremos. Venceremos. Renasci em mil novecentos e setenta e três e trouxe comigo o vulcão. Quando o andaluz nasceu, o vulcão havia voltado a dormir há exatamente duas semanas. O vulcão tampouco gosta do andaluz. Segredou-me que acha o vestido preto dele meio *déclassé*. O vestido que agora está rasgado. A barra prendeu numa pedra durante a queda e abriu uma fenda até o quadril. Queria ser uma fenda nas costas do vulcão para liberar o gás quente que sai de dentro dele. Dorme, meu bebê, dorme até a primavera. O andaluz não vai sobreviver. E será enterrado sem choro nem vela. Ninguém dorme. Não há mais ninguém para dormir. Ninguém para cavar a terra vermelha das minhas costas e liberar o ar quente que guardo em mim. Quando as águas cobrirem a América Central, não haverá mais Yucatán, e os dinossauros morrerão pela segunda vez. Dorme, meu filhinho, dorme, meu vulcão. O tribunal não tem mais Cristo a quem dedicar uma oração. Sou Cristo e sou o tribunal. Sou a oração derradeira. Danço sobre a mesa do plenário com o que restou da minha malha justa de fauno. Branca e marrom é a minha malha, como o couro das vacas do Azerbaijão. O couro das cadeiras do plenário é ocre, como o pelo dos vira-latas. O carpete também é vira-lata. Só as madeiras da mesa e do púlpito não são vira-latas. Essas são de lei, embora a lei, por vezes, seja vira-lata. Minha mãe tinha um cachorro vira-lata quando eu era pequeno. Mordi o cachorro enquanto brincávamos debaixo da cama. No plenário, não há cama. Não há bandeira também. A que tinha queimou. Só há mesa, púlpito e cadeiras. Deito sobre a mesa como se tirasse uma soneca depois do almoço. Mas não durmo. Ninguém dorme. Pensam que estou morto, mas estou só descansando. Um mar de fogo se agita nas minhas entranhas. Um dia, cuspo esse fogo todo para fora. Parou de chover. Ah, vulcão, meu amigo vulcão, tu que és tão forte, eu te imploro, estende-me tua língua de fogo e seca minhas sapatilhas para que eu possa voltar a dançar. Minha dança é meu presente de aniversário para ti. O buraco é quente e aquece minha cabeça. Talvez eu consiga levantar. Um dia, antes de as águas cobrirem a América Central, uma onda se chocará com força no *malecón* de Havana e retornará ao mar aberto com violência redobrada, deslocando-se — cada vez mais alta, cada vez mais rápida, cada vez mais potente — em direção ao Atlântico Norte, chegando até a ilha de Heimaey, cobrindo-a quase por inteiro, deixando apenas de fora o topo do vulcão. O tribunal então será levado pelas águas e ficará boiando por um período indeterminado, porque não haverá mais tempo a ser contado, até que, depois de errar sem rumo por boa parte do que havia sido o mundo, encontrará o litoral outrora chamado Índia. Nada disso! Não será assim. Ergo-me e, num salto, estou em cima da mesa do plenário, ao lado do russo, que finge dormir. Com a vibração inesperada, ele abre os olhos. Ele tem os olhos bem abertos, como eu. Somos Têmis e Diké. Estendo-lhe a mão, que ele agarra com graça. Estamos de pé sobre a longa mesa do plenário. Seguindo a coreografia que havíamos combinado na clínica, raspo com força o salto de meu sapato de flamenco na superfície da mesa. Risco a madeira de lei, abrindo-lhe uma ferida. Sou o fósforo e sou o fogo. E o nosso filho é o vulcão.

Monólogo do fogo

Ninguém dorme. Não há mais ninguém para dormir. Ninguém para controlar o fogo que arde dentro desta caverna. A fumaça se espalha por cima da água, e as cinzas se imprimem nas paredes de pedra. Quisera eu ser pedra para vestir um belo casaco de limo. Pedra. Pedra. Quem sabe não viro uma pedra depois do grande grito. Ontem, julguei ter ouvido o choro de um bebê recém-nascido. Seu corpo era de barro e sua pele tão fina que não resistiria por muito tempo em contato direto e prolongado com o chão duro sobre o qual estava deitado. Era dia, e não havia bebê algum. Nem choro. Ninguém chora. Ninguém chora. Não há mais ninguém para chorar. Ninguém para recolher as pequenas folhas que se depositam sobre a água que corre. Agora é noite e ela pede silêncio. Tento me calar, mas não consigo. Minha natureza não permite. Estalo involuntariamente e não sou nem mesmo capaz de controlar o ritmo dos estalos. A água também não se cala. Nem o gelo, que derrete e pinga com o calor que faz aqui. Só o carvão está quieto. Invejo sua mudez e paralisia. Já não deita chamas. Já não chora. Talvez durma. Como os homens, ele sonha com a morte. Ah, meu querido carvão, meu filho bastardo, quisera eu ter sido feito à sua imagem e semelhança! Diante da boca de entrada desta caverna, vejo que as estrelas piscam para mim. Será um aceno? Um sinal? Uma fala? Teriam as estrelas uma linguagem própria, como os vulcões? Elas também são fogo, mas não as compreendo. Talvez cantem. Eu daria tudo para escutar sua música. Entregaria, na loja de penhores, meu lança-chamas. Largaria o cigarro. Abandonaria o charuto. Mas não tenho pernas. Não tenho mobilidade. Não posso correr como a água. Não posso pingar como o gelo. Só me resta o desejo. E a chama.

Popenguine

Transcorria há exatos quarenta e oito minutos a primeira grande celebração ao ar livre depois do começo do mundo, para a qual haviam se deslocado ao longo da semana anterior, a pé e descalças, milhares de pessoas de várias províncias e dos países vizinhos, todas vestidas com túnicas impecavelmente brancas e compridas e com as cabeças descobertas, resistindo ao sol já excessivamente quente para aquele fim de maio, como seriam todos os sóis da era que então se iniciava, quando a jovem que se achava na primeira fila diante da plataforma dos oficiantes tombou de joelhos no chão como se tivesse sido atingida nas costas por um tiro. Ela apoiou, em seguida, as duas mãos no solo duro e pôs-se, assim, de quatro como um cão. Elevou então levemente a cabeça, aspirou o ar com todas as suas forças até encher por completo os pulmões e, escancarando a boca, emitiu o som mais agudo e doído jamais ouvido até então, muito mais alto e intenso que os uivos de um animal brutalmente ferido ou os urros de uma mulher em trabalho de parto, fazendo-se ouvir da praça central à praia, da capela à gruta, do bosque ao deserto. As pessoas abriram uma pequena clareira ao redor da jovem, como se ela emitisse também, com o grito, alguma força magnética de repulsão. Depois de poucos segundos durante os quais os oficiantes se calaram e se entreolharam de olhos arregalados, retomaram o sermão a pleno fôlego, numa tentativa vã de sobrepujar o grito da jovem. O grito só se interrompeu quando um dos cinco homens vestidos de jalecos brancos, que surgiram do nada, vencendo com dificuldade o bloqueio da multidão, amordaçou a moça e rapidamente, com a ajuda dos companheiros, a amarrou com cintas de couro à maca que traziam. Tão logo a imobilizaram, ergueram todos juntos a maca e correram de volta para o lugar onde antes estavam, atrás da plataforma em que se encontravam os oficiantes, sumindo da vista de todos. Dez minutos depois, enquanto a celebração seguia com suas cantorias e louvações, outra jovem, que assistia a tudo de uma distância de quinhentos metros da plataforma dos oficiantes, caiu subitamente no chão e, também de quatro como um cão, lançou um grito tão agudo, tão doído e tão alto como o primeiro. Os mesmos cinco homens surgiram novamente do nada e, com a mesma maca, iam empurrando, com certa violência, as pessoas que encontravam pelo caminho a fim de abrir passagem. Aproximaram-se da moça, amordaçaram-na e amarraram-na à maca com as cintas de couro, da mesma maneira que já haviam feito com a primeira mulher e com a mesma celeridade. Dez minutos depois, uma terceira jovem caiu também de joelhos e se pôs de quatro como um cão para, deste modo, soltar um grito igualmente agudo, doído e ainda mais alto que os das duas anteriores. Desta vez, as pessoas em torno dela não mais abriram a clareira, dificultando a chegada dos cinco homens de jaleco branco com a mordaça, a maca e a cinta. E, assim, a cada dez minutos, uma jovem tombava de quatro como um cão e, com a cabeça levemente erguida, lançava o mesmo grito agudo e doído. Duas horas e dez minutos após o início da cerimônia, quando esta já dera ensejo à procissão que seguiu em direção à praia, uma das jovens que se postara diante da gruta onde ficava a virgem negra tombou no chão de areia vermelha e, ao se colocar de quatro como um cão a fim de emitir o grito mais agudo, doído e alto, bateu, talvez sem querer, com a cabeça na santa, derrubando-a em cima de uma pedra. Ao atingir a superfície dura, a senhora do livramento se partiu em duas e, de dentro dela, saiu um som como o de um vento muito forte e impetuoso, que ressoou por toda a praia e se expandiu da areia ao céu, subindo em direção às nuvens, cercando-as e fazendo, deste modo, com que estas se pusessem a girar numa dança ainda sem nome. Foi então que as milhares de pessoas ali reunidas sentiram a terra tremer, mas nada se mexera além das nuvens, como se aquele som ainda mais violento que os gritos das mulheres houvesse despertado o enorme vulcão que todos julgavam extinto, sobre o qual a capital localizada a setenta quilômetros dali se erguia.

Colóquio
(Caverna)

O FOGO
Diria que é dócil, de bom coração. Está sempre fazendo graça e divertindo os outros.

O GELO
Que outros?

A ÁGUA
E cantando. Está sempre cantando. Adora cantar.

O GELO
Não há outros.

O FOGO
Parece estar de bem com a vida. Gosta de tudo: dos animais, das plantas, da gente. Dizem que nunca destratou alguém. É muito querido.

O CARVÃO
E gentil.

O FOGO
E sensível.

O GELO
Aqui, nesta caverna, somos apenas nós.

A ÁGUA
Não só gosta de cantar, como canta muito bem.

O CARVÃO
É afinadíssimo.

A ÁGUA
Poderia passar o dia inteiro escutando o canto dele. É a voz
mais linda que já passou por aqui.

O GELO
Mas não há mais ninguém aqui.

O FOGO
Dizem que ele é incapaz de fazer mal.

O CARVÃO
E de se irritar com o que quer que seja.

A ÁGUA
Vamos nos calar por um instante e prestar atenção em seu canto.

O SOL
Ele não canta. Ele chora.

A ÁGUA
Ouçam como a música é suave.

O CARVÃO
E doce. Sua música é doce como ele.

O GELO
Não há ninguém cantando, porque não há ninguém aqui.

O SOL
Não é doce, é triste. Ele é uma alma triste. Ouçam. Ele chora.

O CARVÃO
E ejacula.

O SOL
Ele queria cantar, mas perdeu a voz em algum momento do passado.

A ÁGUA
Que lindo esse trinado! Como consegue produzir efeito tão sublime?

O SOL
Não é um trinado, é um soluço. Se fosse música, seria um lamento, o mais triste lamento que já ouvi.

A ÁGUA
Como são estranhas suas canções. Como são diferentes.

O CARVÃO
Como são belas.

A ÁGUA
Mas, ao mesmo tempo, me soam familiares.

O GELO
Não há ninguém cantando! Não há ninguém chorando! Não há ninguém aqui!

O SOL

Ele soluça. Vejam como seus ombros e suas costas estremecem.

A ÁGUA

Acho que ele é cego. Só um cego cantaria assim.

O FOGO

E como é grande! Nunca vi um homem tão alto e de ombros tão largos.

O CARVÃO

E com uma cabeça enorme.

O SOL

Mas sem músculos. Percebam como ele é flácido.

A ÁGUA

Que língua é esta em que ele canta? Não consigo reconhecê-la.

O FOGO

É a língua dos vulcões. Ele canta na minha língua.

O GELO

Vocês não me ouvem? Não há ninguém aqui. Quantas vezes terei de repetir isso?

A ÁGUA

O que ele canta?

O SOL

Vocês já prestaram atenção em como ele baixa a cabeça quando para de chorar? Como fecha os olhos e curva as costas, deixando os ombros caírem? Observem o tempo que ele perde sentado naquela pedra, olhando as próprias mãos sujas de barro. Olhem como estão lanhados seus pés descalços! Ele está nu desde que chegou aqui.

O CARVÃO
E só.

O FOGO
Como é forte.

O CARVÃO
E belo.

O FOGO
O homem mais portentoso que jamais vi.

O SOL
Ele não é forte. Olhem como ele se curva sobre si mesmo. Parece não aguentar nem o próprio peso. Quando não chora, arqueja.

A ÁGUA
Seu canto tem algo de oceano. Parece não ter fim. Vem em ondas.

O CARVÃO
É contínuo.

A ÁGUA
É tão bonito!

O FOGO
Ele se excita com a escuridão.

O CARVÃO
E com o cheiro de mofo.

A ÁGUA
Mas o que ele canta?

O GELO
Ninguém canta! Ninguém chora! Ninguém! Ninguém!
Ninguém!

A ÁGUA
Vocês saberiam me dizer o que ele canta?

O SOL
Vocês já perceberam que ele passa horas e horas parado na
mesma posição? Que, quando se move entre as pedras, ele
nunca dança? Que ele não come? Que ele não se banha? Que
ele só bebe a água que corre dentro desta caverna? Que ele
não sai da caverna? Que ele não sonha com outros homens
e mulheres quando dorme? Que ele não sente frio, nem calor? Que ele parece sentir uma dor constante, mas sem saber
localizar de onde vem?

O CARVÃO
Que ele não lembra de ter ateado o fogo?

A ÁGUA
Acho que ele não sabe dançar.

O FOGO
Se pudesse, ele teria sempre vivido numa caverna. Ele amava
os vulcões.

A ÁGUA
Por que você, agora, se refere a ele no passado?

O SOL
Ele não se lembra do passado.

O CARVÃO
Ele não tem passado.

O GELO
Não há *ele*. Não há *ela*.

A ÁGUA
Mas o que ele canta?

O FOGO
Ele cantava repetindo o que ouvia. Os passos sobre as pedras. A respiração no escuro. O crepitar do fogo. O correr da água. O pingar do gelo derretendo sob o calor do fogo. O diálogo da fumaça com a parede da caverna. A conversa do limo com o mofo. O colóquio do fogo, da água, do carvão, do gelo e do sol. Mas agora ele não ouve mais. Ficou surdo. Agora ele canta só.

O SOL
Ele não canta. Ele chora.

O GELO
Ninguém canta. Ninguém chora. Não há ninguém aqui.

Massalia

Apoiou-se na borda de seu barco de pesca, inclinou o tronco para fora e olhou para o mar em busca de seu reflexo. Mas não o encontrou. O tênue balanço das águas não permitia que a imagem se definisse. Seu rosto se distorcia na oscilação marinha. Sua testa se prolongava ora para um lado, ora para o outro. Seus olhos se expandiam e se contraíam, abriam e fechavam. Seu nariz se afilava e se alargava, fazendo com que as narinas parecessem as entradas de duas cavernas. Sua boca vagava para cima e para baixo, como se dançasse ao som de uma música produzida pelo próprio mar em seu diálogo com o vento. E a barba? Onde estava sua barba? Não a via. Não *se* via, e isso lhe dava a perturbadora sensação de que não existia. Que rosto era aquele que se diluía nas ondas? Por alguns momentos, acreditou que bastava fixar o olhar para conseguir se enxergar melhor, mas não era uma questão de visão; era uma questão de movimento; era uma questão de imagem: o mar, não sendo estático, se recusava a se constituir como espelho. Inclinou-se ainda mais em direção à água para tentar se ver melhor. O barco de madeira, miúdo e frágil, curvou-se um tanto, revolvendo um pouco mais as águas. O nome que trazia inscrito em branco sobre a madeira pintada de azul-marinho com as bordas em vermelho reluziu ao ficar de frente para o sol que apenas começava a se erguer naquelas primeiras horas da manhã, como se reiterasse aquilo que exprimia: *Aurora*. Com a água agitada ainda mais pelo movimento repentino do barco, era agora impossível discernir qualquer reflexo que não o dos raios da luz da manhã. O reflexo de seu rosto atingido pelo resplendor crescente se decompôs em inúmeras partes irreconhecíveis. Tirou as mãos da borda e as estendeu para o mar, fazendo com que o barco quase emborcasse de vez. Tentou pegar cada uma das partes de seu rosto refletido em fragmentos nas ondas que se formavam, como se isso fosse possível, como se não se tratasse de uma imagem, por natureza, inapreensível. Queria poder juntá-las e reorganizá-las, dando-lhes de novo uma forma, uma definição, uma face. Queria voltar a se ver. Lembrou então que tentar recolher os reflexos decompostos de seu rosto nas ondulações era a brincadeira que mais gostava de fazer quando criança, no tempo em que seu pai, impedido de caçar em função do ferimento na virilha (mesmo ferimento que seria provocado também no filho anos depois e o impediria de caminhar com desenvoltura, obrigando-o a arrastar sempre a perna esquerda), o levava para pescar. Como é triste envelhecer — pensou, sabendo que se tratava de um clichê —, temos muito mais memória do que futuro. O barco estava a ponto de virar quando se inclinou ainda mais e beijou o mar. Sentiu o gosto salgado na boca e passou a língua pelos lábios. Beijou-o mais uma vez e o barco quase adernou. Num repente, elevou a cabeça e o tronco, fazendo com que sua pequena embarcação jogasse para os lados antes de reencontrar o ponto de equilíbrio e voltar à posição inicial. Sorriu como não sorria desde menino. Sentado empertigado no banquinho do barco, encaixou as duas partes de sua vara de pesca, fixou a carretilha, colocou a linha e pôs de lado o equipamento montado, a fim de escolher a melhor isca para a ocasião. Abriu a sacola plástica rosa-choque, que tinha a forma de um grande peixe — uma sacola muito prática que servia também de boia quando ele se aventurava a nadar correnteza abaixo no rio que costumava passar atrás de sua casa —, e remexeu em seu interior atrás daquele peixinho estilizado que esculpira em prata na semana anterior. Em dias de céu claro como aquele, o peixinho brilhava feito uma joia rara quando incidia nele a luz do sol. Há muito substituíra as iscas vivas pelas artificiais: com a prolongada estiagem, já não encontrava minhocas em seu quintal. Prendeu a isca no anzol e passou a linha de pesca pela argola deste último. Lambeu a linha para lubrificá-la e, assim, melhor prendê--la ao anzol. Deu um único nó em torno da argola — o nó definitivo que o pai lhe ensinara a fazer, enrolando a linha seis vezes sobre si mesma e puxando-a de volta em direção ao anzol. Este nó é como o destino — dizia-lhe o pai —, jamais se dissolve. Quando sentiu que o nó estava bem firme, cortou o que restava da linha. Vestiu o chapéu de palha de aba larga, pegou a vara e lançou a linha com força no mar. Agora, teria de esperar. O que mais gostava na pescaria era nunca saber quanto tempo teria de ficar ali, sentado no barco, no mais absoluto silêncio (mesmo a intensidade da respiração ele baixava), até que um peixe fisgasse sua isca. Desde que se ferira, os peixes não abundavam como antes; pelo contrário, a cada dia escasseavam mais. Isso implicava em mais horas de espera, em mais tempo para rememoração. Mas ele não tinha pressa. Nunca teve. Podia ficar até o crepúsculo quieto em seu barco, sem comer, sem beber, sem se mover. Era o único lugar em que se sentia confortável e protegido sem o uso de sua máscara. Podia até mesmo dormir em seu barco, sentado, com a vara de pesca na mão, mesmo que, depois de tanto sacrifício, saísse dali sem nada, como aconteceu tantas vezes nos últimos anos. No íntimo, até ansiava por um bom motivo que o detivesse ali e o impedisse de voltar para casa. Ainda não se recuperara do sobressalto que tivera no dia anterior quando fora passear com sua mulher.

Como sempre faziam aos domingos, caminharam pelo centro da cidade, de mãos dadas. Saíram no meio da tarde da casa de pedra que compraram no tempo do rei velho e seguiram pelo caminho de terra que um dia fora circundado de arbustos verdejantes, agora todos secos. Iam devagar — mas sem parar — e em silêncio. Quase nunca trocavam palavras. Ele seguia meio de lado, arrastando a perna esquerda e, deste modo, traçando um rastro pelo chão, como se uma máquina de pequeno porte aplainasse o terreno. Ela caminhava de cabeça erguida, ombros para trás e costas retas. Pisava no solo duro de areia como se seu corpo não tivesse peso e flutuasse no ar ou como se caminhasse sobre as águas. Mesmo depois de tantas décadas sem frequentar uma aula de dança, mantinha o porte de bailarina. Olhava para a frente, para um ponto no horizonte: um ponto que não existia na realidade, mas que lhe servia de norte. Já ele, desde que fora lanceado na virilha, tornando-se estéril como a terra, andava cabisbaixo, com os ombros caídos e as costas levemente arqueadas. Ia contemplando o chão e o arrastar de sua perna ruim. Não é possível contar as estrelas do céu, nem a areia das praias — disse em voz alta, sem querer. Muito menos as gotas do mar — respondeu-lhe a mulher, sem se voltar para ele. Talvez devesse ter escolhido *Sideral* como nome para seu barco. Mas ela determinara que seria *Aurora*. O percurso a pé do chão de terra até as ruas de pedra do centro consumiria, normalmente, cerca de meia hora, mas no ritmo claudicante dele poderia chegar ao triplo do tempo. Apenas duas das três dezenas de casas da região restavam intactas: a deles e a do capelão. As demais, depois de abandonadas, haviam se transformado em ruínas, com as portas e as janelas de madeira de lei arrancadas, paredes de pedra rompidas, telhados esburacados, pisos interiores de lajotas com desenhos marinhos (os únicos usados naquela povoação) partidos e cobertos de areia e folhas secas e muito antigas (porque as árvores ali já não folhavam havia muito tempo), teias de aranha por toda parte, ninhos de pássaros construídos sobre o que restou dos armários das cozinhas, fezes de cachorros, de cabras, de carneiros, de capivaras, de camundongos e de outros animais de pequeno porte solidificadas pelo tempo e espalhadas pelos antigos cômodos da casa, restos de mobílias, como sofás com o forro rasgado, cadeiras e mesas arranhadas e de pernas faltantes, camas sem colchão e com o estrado carecendo de boa parte de suas tábuas, cômodas e roupeiros empenados em função do excesso de sol, pias e vasos sanitários sujos e sem água, cortinas desfiadas, refrigeradores enferrujados, fogões inutilizados, livros desfolhados, bibelôs sem cabeça, quadros de paisagens caídos no chão, fotografias das famílias que ali residiram tomadas por fungos, impossibilitando o reconhecimento dos rostos retratados. O sol e a secura do ar tornavam a caminhada cansativa, mas eles estavam acostumados. Não encontraram ninguém pelo caminho. Não havia quem encontrar. Poucos eram os pássaros que ainda voavam por aqueles céus. Mas, mesmo assim, mantinham o hábito antigo de usar máscaras, que, por um lado, pioravam a sensação de calor e, por outro, umedeciam o ar que respiravam. Tampouco havia vegetação. Fazia já alguns anos (ou décadas? ou séculos?) que o campo perdera vida. Ele olhou por um instante para a frente e julgou ver um enorme peixe se debatendo no chão do caminho de terra a cerca de cem metros de onde se encontravam. Embora estivesse longe e sua visão não fosse das melhores, calculou que o bicho deveria ter um metro e meio de comprimento. Era cinza-claro e refletia o sol como uma bandeja de prata. Soltou a mão da mulher e impulsionou o tronco para a frente: queria correr para salvá-lo antes que o pobre animal sucumbisse à secura. Mas a perna ruim não acompanhou o movimento de arranque: cravou no chão como uma estaca ou uma âncora, fazendo com que caísse de bordo. A mulher — que, até então, seguia empertigada olhando para a frente — virou para o marido esparramado de bruços na terra batida. Sem alterar-se, tirou um pano branco de um dos dois bolsos de sua longa túnica azul e o embebeu num óleo claro que sacou do outro bolso, onde estavam também um pequeno peixe ainda fresco, uma frutinha seca vermelha e um pedacinho de inhame cozido. Esfregou esses alimentos no pano embebido em óleo, ajoelhou--se ao lado do companheiro e passou o pano delicadamente na cabeça dele, de alto a baixo, em ritmo lento, por nove vezes. Depois, virou-o de costas e repetiu o gesto por mais nove vezes sobre as partes do rosto que não estavam cobertas pela máscara. Segurou-o pelos ombros e puxou-o para cima, fazendo--o sentar no chão. Em seguida, ela se ergueu e, posicionando-se de pé atrás dele, apoiou a mão em suas axilas e puxou-o novamente para cima. Com a ajuda dela, ele levantou, firmou-se na perna boa e olhou de novo para a frente, buscando ver o peixe, que não estava mais lá. Não era um peixe — disse-lhe ela, acompanhando seu olhar —, mas um golfinho. Ela o pegou pela mão e os dois continuaram a caminhada. Chegaram ao centro da cidade quando o sol já começava a baixar. As ruas estavam vazias e silenciosas. Uma grossa camada de areia da praia levada até ali pelo vento se acumulava nos paralelepípedos e nas calçadas de lajes de arenito que ainda guardavam pegadas de dinossauros. O excesso de areia dificultava ainda mais a locomoção. Ao arrastar a perna esquerda, ele empurrava junto um pequeno monte de terra, formando um grande sulco por onde passava. Também ali no centro não havia ninguém. Os prédios de poucos andares — todos brancos com frisos azuis nos batentes e em certos detalhes da fachada — pareciam ter sido evacuados às pressas. Portas e janelas estavam abertas, o que permitia notar que a areia havia se acumulado também dentro dos salões decorados com móveis pesados de madeira escura. Mesmo a prefeitura fora deixada ao léu. No centro do grande saguão, em cima do mosaico azulado representando um gigantesco peixe-lua, estavam duas gaivotas paradas uma de frente para outra, parecendo confabular apenas com a troca de olhares, sem emitir qualquer som. Quem visse de relance acharia que eram duas esculturas. O homem e a mulher percorreram a avenida central pelo meio da rua, afundando os pés na areia aglomerada no caminho. Em alguns trechos, a terra depositada era tanta que as pernas chegavam a afundar até os joelhos. Mais do que simplesmente caminhar, eles desbravavam as ruas do centro da cidade. Uma semana sem andar por ali e parecia que nove séculos tinham se passado. Ele arfava com o esforço e ela se mantinha altiva, com o olhar adiante. Depois de cruzar a prefeitura, circundaram a praça central, entraram pela rua do comércio, seguiram até o fórum, ao lado do qual ficava a antiga barbearia da cidade e o restaurante, percorreram a via do clube dos pescadores, passaram pela escola, pelas piscinas públicas, pelo museu de história natural, pelo planetário, pela loja de armas, pelo parque, pelas ruínas do jardim de infância, pela estrada do peixe, onde transpuseram a ponte de pedra sob a qual só havia cascalhos e foram até a boca do morro em que se encontrava a igreja da Boa Mãe. Pararam, como sempre faziam, e observaram, desde baixo, o templo iluminado. Gostavam de despender alguns bons minutos contemplando-o. Era belo, portentoso e brilhava. A escadaria que dava acesso a ele ficava do outro lado do morro, junto ao velho porto. Eles não costumavam subir até a igreja: apenas em dias festivos. Era um hábito que preservavam mesmo não existindo mais outros fiéis. De repente, o vento soprou forte e a areia fina voou neles, cobrindo-os dos pés à cabeça. Ele detestava quando isso acontecia. Lembrava-se de quando era pequeno e sentia a areia fincar em suas perninhas — então sãs — como se fossem agulhas. E, naquele momento, se amaldiçoava por ter esquecido o chapéu de palha e os óculos escuros, que lhe dariam um pouco mais de proteção. Seu cabelo basto e já grisalho se emaranhou com o vento, embora não fosse fino como o dela (e, portanto, mais propenso a isso), e sim grosso. Ela, num gesto automático, curvou a cabeça para o lado, encostando-a no ombro dele, a fim de proteger os olhos. Quando o vento acalmou, o sol já havia se posto e era hora de voltar. Refizeram exatamente o mesmo caminho e chegaram a casa já noite fechada. Como de hábito, depois de lavar bem as mãos com o sabão que ela preparava com gordura de peixe, tiraram as máscaras e as penduraram num cabideiro atrás da porta. Ele olhou para a companheira e ela lhe sorriu, como sempre fazia. Mas que rosto era aquele que lhe sorria? Não era mais o da mulher que havia saído com ele por aquela mesma porta horas e horas atrás. Havia algo diferente, irreconhecível, mas ele não sabia precisar o quê, já que o nariz, os olhos e a boca permaneciam os mesmos. Ela se inclinou para beijá-lo e ele, num gesto involuntário, de desconcerto e mesmo horror, desviou o rosto. Nem o cheiro dela era o mesmo. Ela deu de ombros e seguiu para a cozinha para preparar o jantar.

Estava tão absorto em suas lembranças do dia anterior que demorou a perceber que a linha se tensionara, curvando a vara. Um peixe havia mordido a isca e, pela força com que puxava, devia ser grande. Ergueu a vara e foi retraindo a linha até alcançar o peixe. De fato, era bem grande. Tinha quase um metro de comprimento. Era difícil segurá-lo e mais difícil ainda tirar o anzol que lhe prendia a boca. Lançou-o dentro do barco. O peixe se debatia com força no piso de madeira. Jogou-se em cima do animal e o imobilizou como se imobilizasse um judoca adversário no tatame até que não houvesse mais vida pela qual lutar. Uma vez imóvel, soltou-o e o observou. Foi tomado de um novo sobressalto: reconheceu na cabeça do peixe o que havia se perdido no rosto de sua mulher. Olhou novamente para o peixe para se certificar de que não estava delirando, afinal o sol já ia alto e estava forte e luminoso como nunca. Piscou diversas vezes, esfregou os olhos e o peixe continuava a ter a cara antiga de sua mulher. Que raio de peixe era aquele? Nunca vira aquela espécie ali. Na verdade, nunca vira aquela espécie em lugar algum. Tomou-o no colo, apertou-o junto ao peito e alisou suas escamas desde a cabeça até a cauda. Tinha a impressão de que o peixe o encarava. Aproximou seu rosto da cara do bicho e se assegurou de que ele não respirava mais. Beijou sua boca bem em cima da ferida produzida pelo anzol. Deu ao peixe aquilo que havia recusado na véspera à sua mulher (ou a quem quer que fosse aquela mulher que agora morava com ele). Depositou o corpo morto no outro banco de madeira do barco, bem à sua frente, e procurou na sacola rosa-choque o saco preto térmico em que acondicionava os pescados. O peixe, de tão grande, não cabia dentro dele. Desmontou então rapidamente o material de pesca e guardou tudo na sacola. Precisava resfriar o peixe o quanto antes para não perdê-lo, para não matá-lo pela segunda vez. Ligou o motor do barco e o conduziu na mais alta velocidade até a beira. Na praia, amarrou a pequena embarcação na estaca, colocou a sacola rosa-choque nas costas e acomodou o peixe debaixo do braço. Dirigiu-se célere até sua casa, coxeando como nunca antes havia coxeado. Mesmo temendo levar um tombo como o do dia anterior, não reduziu o ritmo da caminhada. Dentro de suas possibilidades, era o equivalente a correr. Bateu resfolegante a campainha. Não demorou para que a mulher lhe abrisse a porta. Meu rengo, meu pirata-da-perna-de-pau, meu rei pescador — disse ela, beijando-lhe a testa, como sempre fazia, ao saudá-lo depois de um dia de pescaria. Sem esperar que ela pegasse o peixe, como de costume, e o levasse para limpar e preparar, ele se agarrou ainda mais forte ao cadáver do animal e saiu claudicante rumo à cozinha. Chegando lá, pegou a faca mais afiada de que dispunha, nem tão grande, nem tão pequena, mas do tamanho mais adequado para extrair a cabeça do peixe sem danificá-la. Teria de ser cirúrgico — e isso aprendera com o pai. Firmou a cabeça com a mão esquerda e, com a direita, fez um talho preciso atrás das brânquias, que aprofundou até se livrar do corpo. Acondicionou a cabeça dentro de um pote plástico, que guardou imediatamente no isopor com gelo conservado no porão desde o inverno. Retirou as escamas, livrou-se das vísceras e cortou em postas o que restou do corpo. Pôs mais galhos secos na churrasqueira, friccionou dois gravetos produzindo fogo para finalmente depor as postas na grelha sobre a brasa. A mulher, que acompanhava toda a sua movimentação a uma certa distância, separou os inhames que já havia cozido previamente e os cortou em rodelas. Era o único acompanhamento de que dispunham. Nada mais que plantavam dava. Jantaram e ela foi dormir. Quando se certificou de que o sono dela era profundo, buscou, no gelo, a cabeça do peixe e, na cozinha, a faca afiada e se acomodou na mesa da sala, onde a luz do lampião iluminava melhor. Com a ponta da faca e extrema paciência, foi aos poucos separando a pele da carne até tê-la descolado completamente. Retirou os olhos e o cérebro e, com uma pequena espátula esculpida por ele mesmo para trabalhos delicados como aquele, foi removendo os restos de carne, deixando apenas a pele. Levantou-se e dirigiu-se até a edícula no fundo do quintal, onde guardava seus materiais de trabalho. Apanhou o antisséptico, o formol, alguns panos de algodão limpos e um pincel pequeno e macio. Umedeceu um dos panos com o antisséptico e esfregou-o, muito de leve, na parte de dentro da pele. Passou a noite em claro se dedicando ao tratamento do envoltório que extraíra da cabeça do peixe, porque queria ter cuidado para não pôr tudo a perder. Não podia errar. Já havia um bom tempo que não se entregava a esta atividade, mas jamais esqueceu os ensinamentos do pai para o perfeito embalsamamento das cabeças dos animais caçados por ele, na época em que ali ainda havia o que caçar. Quando já estava quase amanhecendo, antes que a mulher acordasse, buscou o último preparado de que necessitava: uma espécie de cola artesanal, inventada por seu pai, que grudava tecido orgânico em outro tecido orgânico. Com o pequeno pincel de cerdas macias, distribuiu uma fina camada dessa cola sobre a parte de dentro da pele, onde antes estava a carne do peixe. Era preciso que toda ela se cobrisse de cola. Feito isso, depositou-a com cuidado numa bandeja de prata, com a cola para o alto, e a deixou de lado, enquanto foi de novo até a edícula guardar todo o material empregado. De regresso à cozinha, pegou uma flanela na gaveta de um dos armários e a amarrou em torno do pé esquerdo. Não queria fazer barulho quando se deslocasse pela casa em direção ao quarto, levando na mão a bandeja com a pele de peixe. Arrastando silenciosamente a perna, aproximou-se da cama de casal e, ajoelhado no chão, afixou a pele no rosto da mulher. Cabeça, cabeça, cabeça boa — disse ele, enquanto ajeitava a pele sobre o rosto: olho sobre olho, bochecha sobre bochecha, boca sobre boca. Eu lhe concedo a cabeça, cabeça você será. Pressionou por três minutos a pele sobre o rosto da mulher para garantir a fixação. Quando retirou as mãos, o sol apenas começava a se erguer. O rosto dela reluziu com os primeiros raios que entravam pela janela aberta. Ele se apoiou na beirada da cama para levantar e ela acordou. Quando o viu ao seu lado, sorriu-lhe e o abraçou pelo pescoço, trazendo seu rosto para mais próximo do dela. Meu rengo, meu pirata-da-perna-de-pau, meu rei pescador — disse ela, beijando-lhe a testa, como sempre fazia, ao saudá-lo pela manhã. Minha golfinho — respondeu-lhe ele, retribuindo o beijo na testa com outro em sua nova boca de peixe. O beijo dela sabia a mar. Ele a segurou pela nuca, acariciando seus cabelos prateados. Ela correspondeu ao gesto com carícias atrás de suas orelhas. Ele teve a impressão de que seu pênis endurecia depois de meses (anos? séculos?) de impotência. Como não era capaz de recordar a última vez que estivera excitado, estranhava a sensação. No entanto, quanto mais beijava aquela boca de peixe, mais sentia se contrair e se distender ritmicamente o músculo que julgava morto. Minha golfinho — repetiu ele no ouvido da mulher. Meu rengo, meu pirata-da-perna-de-pau, meu rei pescador — respondeu ela. Ela levantou de um salto e estendeu a mão para ele. Ele aceitou o apoio e levantou também. Nós precisamos pescar — ela disse — antes que seja tarde. De pé, sentiu o esperma incontrolável descer por toda a extensão de sua perna ruim. Definitivamente, tivera uma ereção e agora ejaculava. Juntaram os equipamentos de pesca, a sacola rosa-choque e, sem nem mesmo tomar café da manhã, saíram. Ele só percebeu que ambos não usavam máscaras quando já estavam sentados no barco em alto-mar. Há quanto tempo se encontravam ali? Onde estava o sol? O que fora feito das estrelas? A pele da cabeça do peixe aderira ao rosto dela como um ímã ao metal. Ela agora estava grávida e radiante. Seus seios, ainda mais fartos do que o normal. O tempo passava e os peixes não fisgavam a isca. Duas gaivotas — as mesmas que eles avistaram no saguão da prefeitura naquele domingo — sobrevoaram o barco e pousaram no banco de madeira em torno da mulher, feito duas sentinelas. Antes que o homem as pudesse espantar, cada uma delas bicou um dos seios fartos, furando-os. De dentro de cada um deles, jorrou uma torrente de água doce em cascata, que se deslocou por cima do mar sem jamais misturar-se com a água salgada, como uma mancha de azeite flutuante, e seguiu até o rio que ficava atrás da casa deles, enchendo-o novamente e levando consigo o barco do pescador. Este aportou, como antigamente, atrás da casa. Ele então recolheu seus equipamentos de pesca, o filho que nascera no momento mesmo em que os seios vazaram e a mãe se desfizera e a túnica azul que ela usava e que ele agora vestia. Caminhou até a edícula e pegou o pacote que o pai deixara para ele quando morreu e que ele nunca tivera coragem de abrir. Retornou ao barco, ligou o motor e rumou para o velho porto, onde desceu com o pacote nos braços. Subiu a pé os cento e cinquenta metros que conduziam até a igreja. Já não mancava mais. Chegando ao templo, parou alguns minutos contemplando a nave principal, de cujo teto, em toda sua extensão, pendiam, a alturas diferentes, ex-votos de embarcações que se salvaram de tormentas e naufrágios. Nas paredes, ao lado de representações religiosas, havia vários quadros que figuravam as borrascas sofridas pelos fiéis pescadores, além de placas de mármore agradecendo à Boa Mãe a proteção alcançada. Era o único lugar do povoado que a areia não alcançava. Encaminhou-se, então, até um nicho na parede do fundo do altar, onde depositou o pacote no chão e o abriu. Como se já soubesse o que iria encontrar, retirou de lá um filhote de golfinho esculpido em madeira e o acomodou na cúpula alta a ele destinada, entre uma miniatura de hidroavião e uma réplica do barco que pertencera a seu pai.

Monólogo do petróleo

E se eu dissesse que sou essa criança recém-nascida e solitária, sem sexo, sem pele e sem umbigo, que chora abandonada nessa superfície árida que vocês chamam de *mundo*, porque não aprendeu a cantar e nunca aprenderá, pois não há quem a ensine, assim como não há quem a incentive a falar, a levantar e a caminhar sobre as pedras e sobre as águas, e que rastejará por anos e anos, perdendo pelo caminho partes do corpo que cresce e se desenvolve, sem saber ao certo para onde deve ir, mas certa de que é preciso seguir sempre em frente até encontrar a boca aberta e ardente do vulcão que canta uma canção só para ela, para essa criança, que nunca deixará de ser criança mesmo quando, depois de muito rastejar, já tiver perdido seu viço, sua desenvoltura, seus cabelos? E se eu dissesse que sou essa criança e sou ninguém e que isso que chamam de *eu* não existe, assim como a criança não existe? Não há segredo. Rastejo e sigo sempre em frente. Não choro, nem me calo. Sou a música e sou a destruição.

Aclimação

Os meninos chegaram numa moto velha, de baixa cilindrada, que havia muito tempo tinha sido branca e que, se ainda funcionava, só poderia ser por milagre. O mais alto dirigia e o outro levava na mão direita um enorme pé de cabra — tão enferrujado quanto a moto — que, por vezes, arrastava no asfalto, produzindo faíscas. Não tinham mais de dez anos e vestiam-se como todos de sua classe: com macacões brancos de mangas curtas. Talvez a pouca idade — ou o peso do pé de cabra — fizesse com que andassem meio oscilantes, quase caindo nas curvas mais fechadas. Porém, ninguém, entre os milhões de habitantes daquela cidade que amanhecia, parecia notar a presença dos dois: deslocavam-se pelas ruas do centro como se não existissem. Quando pararam em frente ao portão do parque, apenas o carona desceu. O piloto nem mesmo desligou o motor — muito provavelmente, a moto não pegaria de novo se o fizesse. Com o pé de cabra, o carona quebrou o cadeado que fechava o portão e, não sem certa dificuldade, empurrou as abas laterais de ferro, liberando a entrada que havia sido interditada três dias antes, desde que o lago central do parque secara pela terceira vez; agora, sem qualquer causa aparente. Feito isso, sempre com o pé de cabra na mão, montou na moto, e os dois partiram na mais alta velocidade permitida pelo motor. Quando já não se avistavam os meninos em meio às árvores frondosas do caminho de volta, apareceram as três garotas, morenas, altas, em torno de quinze anos, usando o mesmo macacão branco dos meninos e uma trança grossa prendendo os cabelos longos. Na cintura, atada a um cinto de couro, cada uma delas levava uma toalhinha branca. Também elas vinham numa moto, não tão velha quanto a dos garotos, mas igualmente de baixa cilindrada. A moto não era grande o suficiente para acomodar as três, mas elas se ajeitavam como podiam. Cada uma delas trazia um balde de metal enganchado no braço, inclusive a motorista, que não demonstrava qualquer incômodo com o objeto. Entraram acelerando no parque e foram direto para a beira do lago seco, onde estacionaram e desceram. Com o escoamento súbito e inexplicável da água, o lago virara um lodaçal fétido, não apenas em função das centenas de peixes mortos que ficaram presos à lama, mas também em decorrência das décadas de despejo de esgoto clandestino. Um pato ainda lutava para desprender as patas do lodo. Agitava as asas, tentando inutilmente levantar voo. Mas não tinha mais forças. Uma das garotas, vendo o sofrimento do animal, correu em seu auxílio. Pegou-o no colo e levou-o até a grama que circundava o lago. O pato, já cansado, não ofereceu resistência e, tão logo se viu liberto e a salvo, saiu em busca de uma sombra — afinal, fazia um calor desmedido para dezembro. Encontrou abrigo próximo às prateleiras baixas de madeira, onde os restos de mamões e bananas, deixados para as aves antes da interdição do parque, apodreciam. Usando os baldes, as moças passaram a recolher os corpos dos peixes mortos. Foram incontáveis as vezes que elas encheram os baldes e os despejaram na caçamba que ficava do lado de fora da entrada do parque. Enquanto se ocupavam com a tarefa, os meninos retornaram. O carona trazia, numa mão, uma sacola de palha cheia de trapos brancos e, na outra, um rodo. Dirigiram-se, com moto e tudo, até a beira do lago seco. De novo, o piloto não desceu, nem desligou o motor. Foi o carona que, sozinho, acomodou o material junto à moto das garotas, retomando, em seguida, seu lugar no veículo. Os dois partiram. O sol já estava a pino quando as três deram por encerrada a recolha de peixes mortos. Limparam bem as mãos na toalhinha branca e, só então, pegaram o rodo e os trapos deixados pelos meninos e foram até o centro do espaço agora enlameado do lago. A motorista se encarregou de desenhar na lama, com um galho fino e comprido encontrado no próprio parque, um círculo perfeito de dez metros de diâmetro. Uma das caronas se ocupou em aplainar com o rodo esse território delimitado. E a terceira garota montou, com os panos, bem no centro do círculo, uma espécie de ninho ou sepulcro. Feito isso, as três recolheram os baldes, subiram na moto e saíram, acelerando. Depois de um tempo imensurável (pelo menos, para nós), os meninos e as garotas voltaram, trazendo cinco câmeras, cinco refletores e dez pedestais. As motos pareciam duas árvores de natal, de tão apinhadas que estavam com todo aquele apetrecho de filmagem. Nem tudo podia ser transportado nas mãos dos caronas e, assim, os meninos e as garotas tiveram que improvisar varais de metal para pendurar o excedente, que transportavam engatados às costas. Mesmo com toda essa bagagem, carregada de modo irregular, os jovens continuavam a rodar pela cidade sem ser notados, como se se deslocassem num espaço e num tempo apenas seus. As garotas entraram na frente e estacionaram novamente à beira do lago, onde desceram, portando com elas, de uma só vez, todo o material. Os meninos vieram logo em seguida e pararam ao lado da moto delas, sem desligar o motor. O carona desceu e entregou, para uma das garotas, as duas câmeras, os dois refletores e os três pedestais que levavam. Em seguida, montou na moto e os dois partiram. Uma das moças foi até o círculo em torno do monte de trapos e traçou nele cinco pontos a distâncias regulares, como se estes fossem pontas de uma estrela imaginária. Em cada um desses pontos, as duas outras jovens depuseram um tripé com a câmera e outro com o refletor. Eram câmeras nunca vistas até então, que só agora (era o que diziam), quase um século depois, aperfeiçoavam o invento de Morel: dispensavam bateria, não dispunham de memória e, principalmente, não captavam apenas imagens, mas a eternidade. Quando as garotas terminaram de arrumar o terreno, os meninos retornaram. O carona carregava nos braços uma criança recém-nascida, ainda amassada e vermelha, envolta em panos, apenas com os braços de fora. Não tinha ainda nome, nem sexo. Chorava alto e ininterruptamente. Por momentos, puxava o ar com todas as forças de que dispunha e o soltava num grito agudo. O piloto, por sua vez, pendurara nos braços sacolas de plástico contendo cinco garrafas de água quase congelada, que o desequilibravam um pouco. Pararam a moto ao lado da das garotas e, desta vez, os dois desceram. As moças os esperavam na beira do lago e seguiram atrás deles, como numa procissão pequena e íntima, até o monte de trapos. O carona ia na frente com a criança, que não parava de chorar. A uns três passos de distância, vinha o piloto com as sacolas. Depois, lado a lado, as três garotas, com as mãos nas costas e a cabeça levemente baixa. Andavam todos de modo cadenciado: nem muito lento, nem muito rápido. Assim, demoraram um pouco para chegar ao centro do terreno. O carona parou em frente ao monte de trapos e esperou que os outros quatro formassem um semicírculo em torno do mesmo. Antes de assumir seu lugar, o motorista tirou as garrafas de dentro dos sacos e as dispôs ao redor do monte: duas de cada lado e uma atrás. Quando estava tudo pronto e todos conformados, o carona depositou a criança sobre os trapos. Ela continuava a chorar, mas com menos intensidade. Talvez se sentisse mais acolhida entre os trapos e mais fresquinha em função das garrafas geladas. O sol já rumava célere para o ocaso. Este era o sinal para que os jovens assumissem seus papéis derradeiros. Como se respeitassem uma coreografia, um por um se encaminhou até cada um dos cinco conjuntos de câmera e refletor. Assim que todos estavam a postos, ligaram ao mesmo tempo os aparelhos. O terreno, no centro do qual restava apenas a criança sobre o monte de trapos, se iluminou como se fosse dia. Os cinco jovens se certificaram de que tudo estava sendo filmado a partir daquele momento. Olharam-se e, a uma leve inclinação de cabeça do carona, saíram dali, um atrás do outro, em procissão, na mesma ordem e na mesma cadência em que chegaram. Subiram em suas motos e partiram, desaparecendo lá adiante, nas curvas da antiga estrada que levava ao mar. Então, como previamente combinado, o pato principiou uma canção — acompanhada em seguida, em coro, pelas outras aves do parque e por toda a multidão da milícia celestial — saudando a chegada da criança e oferecendo-lhe o sol, o céu e as estrelas, que agora, como nos períodos que precediam às tempestades, brilhavam como nunca no firmamento.

Colóquio
(Mangue)

O sol — que, naquele mangue, era negro — disse:

— Nunca quiseste o mar, mas foi só o que te concederam. São em suas águas revoltas que agora te miras. Teu rosto se distorce na oscilação das ondas e não te reconheces. Por alguns instantes, ficas sem saber a quem pertence aquela face envelhecida e desfigurada. Esqueces que o mar não é espelho e que tu talvez não existas. Não há alma para contemplar. És uma mera máscara, embora nenhuma máscara seja, a rigor, mera. Buscas recolher cada uma das partes de teu rosto refletido nas ondulações do mar para poder juntá-las e reorganizá--las. Queres dar-te uma nova forma e uma nova face. Queres voltar a ser. Mas não é mais possível. Já não é mais tempo de comer peixe. E te recusaste a aprender a andar sobre as águas. Nesses três dias que te restam, precisas atravessar o oceano. Vai! Rema! Nesse ritmo lento, não conseguirás vencer as ondas. Vai! Mais rápido! Concentra-te! Mira o horizonte, que te espera com a paciência e a angústia de uma mãe que há muito não vê o filho. Não tens filho, eu sei, e não sabes como é. Tampouco tens mãe. Talvez por isso não reconheças tua face nas águas. Não importa. O céu ainda está azul e, em breve, as estrelas irão aparecer para iluminar teu caminho. Quando isso acontecer, segue-as. Elas serão teu guia. Estás fraco, tens vertigem, e a vertigem faz com que o trajeto pareça se duplicar sobre a tua cabeça. Vai! Rema! Não é hora para fraquejar. Vai! Joga um pouco de água salgada no rosto e acorda! Não se pode mais dormir. Não se pode mais sonhar. Mas não sonhas desde o dia em que nasceste, não é mesmo? Não ouses relaxar. O tempo é escasso. Ouve! Os vulcões começaram a entoar a canção de guerra. O mar e o vento ensaiam seu dueto. As nuvens acenam lá do alto. Basta seguir a música enquanto é dia. Seguir. Seguir. Seguir. Até a alvorada, quando estarás aqui de volta, em teu barco miúdo e frágil, tentando reconhecer-te nas águas revoltas e salgadas.

As folhagens — que, naquele mangue, eram brancas — secundaram o sol, em coro:

— É preciso levar em conta o papel que o corpo tem no pensamento. É preciso pesar o pensamento, como se pesa um bebê recém-nascido. É preciso medir a circunferência de sua cabeça e furar seu calcanhar até que o sangue brote e pingue, produzindo uma pequena poça no chão de terra. É preciso fazê-lo chorar até que os soluços o sacudam e o façam perder o fôlego. Seu primeiro grito deve ser alto e forte como o das feras do mato. É preciso alimentá-lo aos poucos com mingau para que não engasgue. É preciso mantê-lo longe de mamas: o pensamento não tolera sugar mamas, embora as tenha em pencas, como uma loba. O pensamento é fêmea e não gosta de ser lembrado disso. É preciso dar tapinhas em suas costas depois de cada refeição. Seu arroto deve ser ouvido no ambiente contíguo àquele que ocupa. É preciso recolher a merda evacuada pelo pensamento em fraldas de algodão orgânico. Seu vômito deve ser acondicionado em potes de vidro transparente com tampas também de vidro. É preciso que haja o risco de quebrar. É preciso manter seu nariz limpo, injetando-lhe alguns mililitros de soro fisiológico diariamente. É preciso cuidar que o soro não escorra para o cérebro quando for aplicado. Se isso acontecer, o pensamento morre. É preciso usar luvas cirúrgicas quando for tocar no pensamento, porque sua pele é lisa e delicada. É preciso segurar-lhe a cabeça firmemente entre as mãos. A cabeça do pensamento é um tanto escorregadia e este procedimento irá te custar um certo esforço. É preciso lavar sua pele a cada quinze dias com água de coco embebida num chumaço de algodão. Qualquer outro líquido pode produzir alterações em sua camada protetora. É preciso deixá-lo sempre nu. Em hipótese alguma, deve-se vestir o pensamento, muito menos colocar-lhe laços na cabeça. É preciso identificar a posição do sol com relação às outras estrelas no exato momento em que o pensamento nasce. Seu signo solar será seu guia. Seu ascendente será sua perdição. É preciso cortar seu cordão umbilical tão logo seu mapa astral seja feito e deixá-lo livre. Um pensamento só vive e se desenvolve na orfandade.

A preguiça — que, naquele mangue, era mãe e morta — aproveitou a deixa:

— Certa feita, apareceu por aqui um bebê de três meses. Veio navegando pelas águas doces do rio num cesto feito de junco, vedado com piche e betume. A filha da soberana, que todo dia se banhava naquelas águas, viu o cesto e, ouvindo um barulho estranho em seu interior, rompeu a camada de piche e betume, encontrando o bebê. Era um menino magro e bem-composto, que chorava com todas as suas pequenas forças. A moça o recolheu e o levou para casa. Alimentou-o e criou-o como um pequeno magnata. Adulto, quis voltar ao lugar em que havia sido resgatado, apesar dos protestos de sua mãe adotiva. Não se volta atrás — ela o alertou — se a meta são as estrelas. Pela primeira vez na vida, não deu ouvidos à voz da mãe adotiva (e não há mãe que não o seja). Despiu-se de suas roupas régias, dos sapatos, das joias, dos cristais e dos livros e, nu, seguiu célere pelo coração do mangue. No entanto, antes de atingir seu destino, parou numa clareira para recuperar o fôlego. Embora não estivesse correndo, sentiu uma súbita dificuldade para respirar, como se sufocasse na água. Ao pôr as duas mãos em torno do pescoço, numa tentativa tresloucada de buscar o ar que lhe faltava, percebeu que a pele do braço estava completamente recoberta por uma pelagem caramelo. A descoberta intrigou-o a ponto de esquecer a sensação de sufocamento. Olhou o outro braço, as pernas, os pés, o tronco e viu que estes também estavam recobertos por pelos da mesma cor. Pensou em elevar a mão ao rosto para verificar se também este estava coberto de pelos, mas algo impediu seu movimento. Foi então que duas galhadas irromperam de sua cabeça e suas costas se arquearam a tal ponto que o obrigaram a ficar de quatro. Não mais caminharia sobre dois pés. Não mais caminharia, seja como for. Era agora uma estátua de cervo, bastante artificial, em fibra de vidro, que não lembrava em quase nada as espécies que circulavam naquela região. Talvez fosse uma advertência: que ele jamais esquecesse que ali era um forasteiro. Seu peito agora luzia em dourado, como luzia o sol antes de se tornar negro. Os olhos permaneceram para sempre arregalados, a boca esgarçada num sorriso bobo de monalisa e as orelhas em pé, atentas à música ao redor. Apenas as galhadas se mantiveram vivas e cresciam, a cada ano, mais de um metro. Quando as galhadas tocaram o sol, o cervo descobriu-se, de uma só vez, cego e eterno, e terá, portanto, toda a eternidade para pensar no mistério da palavra *natimorto*.

Aurora

Fazia tanto tempo que não falava com alguém (nem mesmo com sua imagem refletida na tela escura do computador desligado diante de si) que não conseguiu articular um som sequer quando ouviu um estrondo em seu apartamento. Sobressaltada com a suspensão repentina do silêncio que havia muito prevalecia sobre as ruas antigamente tão movimentadas do centro da cidade, abriu a boca como se fosse emitir um longo dó de peito, mas nada saiu de seu interior escuro e, agora, fétido. Tentou levantar da cadeira, mas suas pernas fraquejaram. Erguera-se tão pouco nos últimos tempos que parecia ter desaprendido a andar. Apoiou-se com as duas mãos na escrivaninha à sua frente e fez força para se manter de pé. Outro estrondo assustou-a novamente, fazendo com que se desequilibrasse e caísse no chão, batendo com a parte de trás da cabeça na quina do assento da cadeira de madeira. Com o rosto franzido de dor, levou a mão esquerda até o machucado e verificou que não sangrava muito. Sentada no chão, olhou para a frente e teve a impressão de que sua cama estava mais perto da mesa em que se apoiara. Seu apartamento tinha apenas uma peça, além da cozinha e do banheiro, e parecia ter encolhido. Poderia se tratar apenas de uma impressão, já que sua cabeça latejava muito, deixando-a um tanto zonza e desnorteada. Mal conseguia abrir completamente os olhos. Firmou-se com os braços no assento da cadeira e, num impulso, conseguiu sentar de novo. Porém, mais um estrondo fez com que seu corpo todo estremecesse. Dessa vez, podia jurar que a parede do fundo, onde ficava sua cama, de fato, havia se movimentado em sua direção. O quarto estrondo foi o mais violento. Parecia que o prédio iria ruir. Agora ela tinha certeza de que a parede do fundo do apartamento havia se deslocado um pouco mais em sua direção. O medo lhe deu força para enfim levantar da cadeira, mas não o suficiente para fazê-la correr até a porta. Seus passos eram como os de um bebê cambaleante que apenas está descobrindo sua capacidade de pôr-se de pé, ou como os de uma senhora centenária que sente o peso dos anos a pressionar os ossos. Não queria sair para a rua. Como todos, vinha evitando-a nos últimos tempos e, mesmo agora que o acesso a ela estava plenamente liberado, não se sentia preparada para enfrentá-la. Temia ter de topar com os cadáveres. Talvez fosse a única, em todo o país, que ainda permanecia em casa. Até mesmo à janela havia deixado de ir, desde que os cantos de guerra subitamente cessaram e restou apenas o silêncio — um silêncio que curiosamente se acentuou depois da libertação. Agora, sentindo a proximidade da parede às suas costas, não via outra maneira de escapar que não pela porta de saída do apartamento. Os estrondos cederam lugar a um som contínuo, como o de uma avalanche, que marcava o deslocamento cada vez mais rápido da parede do fundo. Ela tentava se apressar, mas suas pernas não respondiam à sua vontade. A cama lhe tocou os joelhos por trás e a derrubou no chão. A parede havia vencido e, agora, a empurrava com fúria em direção à porta, que caíra para trás, no corredor, com o desmoronamento das paredes laterais. Seu apartamento a compelia para a rua — e isso a apavorava. Tentou resistir, mas foi em vão. O apartamento continuava a avançar sobre ela, que, sem conseguir levantar, era arrastada pelo chão do corredor até a beira da escada, de onde rolou feito uma bola. Sua cabeça, já tão doída, quicava nos degraus. O interior do prédio estava tão escuro que ela sentia como se girasse no vácuo, feito uma astronauta que se vê subitamente desconectada da nave mãe, perdida no espaço. Quando deu por si, estava sentada, nua, na calçada em frente ao prédio. Encolheu as pernas em direção ao peito e, quando baixou a cabeça latejante para chorar sobre os joelhos, percebeu que o piso não era mais de pedrinhas portuguesas; era de terra escura, coberta de folhas e galhos soltos. Olhou para os lados e viu que estava entre montanhas: uma cordilheira que se estendia à sua volta, a perder de vista. Os primeiros raios de sol do dia entravam pelas frestas. Como não havia percebido antes que morava numa caverna? Lembrou-se então dos três ou quatro urubus que, durante todo aquele período de reclusão, via sempre pela janela e do voo livre que eles executavam nos dias ensolarados, como seria também aquele. Um dos urubus, o mais destemido, volta e meia se desgarrava do bando e subia tão alto que parecia ir além das nuvens — ir além do próprio céu, rumo àquela escuridão absoluta que alguns insistem em chamar de infinito.

Anak Krakatoa

Por muito tempo, pensei em começar o livro com a pergunta: "Hugo, o que foi que aconteceu na Indonésia?".

Java era já célebre pelos seus vulcões, um dos quais, o Papandsyang, em 1772, sepultou sob as suas cinzas em uma noite 40 povoações e mais de 3000 pessoas, e outro, o Galunggong, em 1822, no meio de uma das partes mais férteis da ilha, sem que houvesse tradição alguma da sua natureza vulcânica, matou mais de 4000 pessoas e destruiu tudo em torno de si num raio de 20 milhas. Em 1843, calcula-se em 20 000 000 de toneladas a área e a cinza lançada pelo Guntur. O *Times*, além dessas, dá-nos outras informações curiosas sobre os vulcões de Java, e o *Spectator* diz que viver nessa região vulcânica é como viver na boca de um canhão carregado. ("Explosão vulcânica no estreito de Sonda", *Jornal do Commercio*, 25 de setembro de 1883)

Anak Krakatoa é um dos 120 vulcões ativos da Indonésia. Surgiu em 1927 no lugar onde antes ficava o Krakatoa. *Anak*, em indonésio, significa "criança", "filho".

O Krakatoa desapareceu em 1883 com as quatro violentas e derradeiras erupções ocorridas na manhã de 27 de agosto daquele ano. O som emitido pelo vulcão foi o mais alto produzido até então, sendo ouvido a 5 mil quilômetros de seu epicentro — o único som que o superaria foi o emitido por outro vulcão, o Hunga Tonga-Hunga Ha'apai, em Tonga, em 15 de janeiro de 2022. O capitão Sampson, do navio britânico *Norham Castle*, que estava a cerca de 60 quilômetros da ilha de Java quando o Krakatoa explodiu, registrou: "Tão violentas são as explosões que os tímpanos de mais da metade de minha tripulação estouraram. Meus últimos pensamentos estão com minha querida esposa. Estou convencido de que o Dia do Juízo Final chegou". Não se sabe ao certo quantas pessoas morreram, mas se estima que foram cerca de 36 000, não tanto em decorrência das explosões em si, mas da série de tsunamis que delas se originaram. Foi a segunda erupção mais letal de que se tem registro na história dos vulcões.

Excede quanto a imaginação pode conceber a catástrofe que destruiu o estreito de Sonda. Calcula-se em 30 000 o número de vítimas. A ilha de Krakatoa, que tinha proximamente 10 quilômetros de comprimento e 7 de largo, desapareceu completamente. Três povoações foram destruídas; todo o distrito de Bantam, na parte ocidental de Java, foi destroçado; os mananciais de água secaram, as escórias da lava cobrem o terreno, e os que sobrevivem fogem aterrados. ("A catástrofe de Java", *A Gazeta de Notícias*, 27 de setembro de 1883)

A maior erupção da história foi a de outro vulcão da Indonésia, o Monte Tambora, em abril de 1815: as cinzas alcançaram 30 quilômetros de altura e calcula-se que morreram 71 000 pessoas em função da própria explosão.

A imensa quantidade de cinzas expelida por este vulcão baixou a temperatura do planeta em 3°C, em média, pelos dois anos seguintes, sendo responsável, em 1816, por aquele que ficou conhecido como "o ano sem verão" na Europa.

Se o Krakatoa colapsou por completo, o Monte Tambora, embora tenha perdido quase metade de seu tamanho, continuou vivo, mas menos ativo. Depois do evento de 1815, foram registradas duas outras erupções, em 1880 e 1967, sem maiores consequências. Recentemente, entre 2011 e 2013, houve um aumento de suas atividades sísmicas. Num dado momento desse período, o nível de alerta chegou a 3, numa escala que vai de 1 a 4.

Há algum tempo que o nosso planeta parece estar agitado por convulsões espantosas. Ainda não se havia totalmente acalmado a emoção do terremoto de Ischia, quando chegava aos nossos ouvidos a relação, ainda mais terrível, dramática e comovedora da catástrofe de Java. ("Fenômenos celestes", *Diário de Pernambuco*, 1º de novembro de 1883)

O Monte Tambora talvez tenha sido o vulcão mais alto da Indonésia. Antes de 1815, contava 4300 metros de altura, 1057 a mais que o Etna, o mais alto da Europa, cuja altura não variou muito ao longo do tempo. Hoje, está com 2850 metros.

Atualmente, o vulcão mais alto da Indonésia é o Monte Semeru, com 3657 metros de altura. Como o Etna, está constantemente entrando em erupção. Em 4 de dezembro de 2021, em decorrência de uma nova explosão, colapsou o domo de lava produzido por uma erupção anterior, ocorrida naquele mesmo ano. 51 pessoas morreram.

Agora, enquanto escrevo, ele expele cinzas a uma altura de quase um quilômetro acima do cume.

Foi a 25 de agosto que se tornaram aparentes os primeiros sinais de erupção do vulcão de Krakatoa; em Suraperta e em Batavia ouviram-se ruídos subterrâneos. Ninguém se preocupou com o fato. Mas não se passou muito tempo sem que uma chuva de poeira embaciasse a atmosfera. Durante a noite repetidos chuveiros de pedras incandescentes e de destroços inflamados inundaram as duas cidades. ("O terremoto entre Java e Sumatra", *A Província de S.Paulo*, 29 de setembro de 1883)

O vulcão ativo mais alto do mundo é o Ojo del Salado. Com incríveis 6879 metros de altura, ele fica na Cordilheira dos Andes, na fronteira do Chile com a Argentina. Já o maior vulcão ativo em volume é o Mauna Loa, no Havaí, que tem 4169 metros de altura e 90 quilômetros de largura. Em 29 de novembro de 2022, este último entrou em erupção depois de quase quarenta anos adormecido.

O Chile é um dos países que mais concentra vulcões, depois dos Estados Unidos, do Japão, da Indonésia e da Rússia. A Argentina (cujo território cresce sempre um pouco mais a cada vez que olho para o planisfério no qual marquei todos os vulcões do mundo) tem 35 vulcões e é o décimo país na lista.

Fugiam todos espavoridos, soltando gritos de desespero. Muitos pereceram enterrados debaixo das ruínas das próprias moradas. ("O terremoto de Java", *Jornal do Commercio*, 27 de setembro de 1883)

O Brasil não tem vulcões ativos, mas há quem jure que sentiu a lava correr debaixo do solo de Caldas Novas, de Rio Quente, de Nova Iguaçu, de Poços de Caldas, de Santos, de Ribeirão Preto e da Avenida São Luís, em São Paulo.

O vulcão mais antigo do mundo, no entanto, fica no Brasil, na região de Uatumã, no Pará. Ele tem cerca de 1,9 bilhão de anos e está extinto. Nunca lhe deram um nome. Ou, se deram, esqueci qual era.

Há dois outros vulcões extintos em território brasileiro, ambos no arquipélago de Trindade e Martim Vaz, pertencente ao Espírito Santo, a cerca de 1200 quilômetros da costa. Esses são os únicos vulcões do Brasil elencados pelo Global Volcanism Program, do Smithsonian Institute. Com seus 600 metros de altura, o de Trindade é conhecido como Paredão do Atlântico.

Pela manhã estavam interrompidas as comunicações com Anjer, estavam desmoronadas as pontes, e as estradas destruídas. Ferviam as águas do estreito, cuja temperatura subiu mais de 20 graus; enormes ondas encapeladas iam bater como arietes à costa de Java. Na ilha de Madura, a mais de 500 milhas do estreito, enxergaram-se montanhas de mar erguendo massas de espuma tais que encobriam todo o horizonte. ("O terremoto entre Java e Sumatra", *A Província de S.Paulo*, 29 de setembro de 1883)

À época da erupção do Krakatoa, não se sabia que o vulcão estava ativo, embora houvesse notícias de sete explosões que teriam ocorrido entre os séculos IX e XVII, sendo a última delas em 1680. Depois disso, o Krakatoa não dera mais qualquer sinal de vida, o que fez com que o julgassem extinto.

Krakatoa era um vulcão, mas os habitantes destas duas grandes ilhas vizinhas não lhe ligavam importância, da mesma forma que os habitantes da Sicília ou da Calábria não se importavam com o Stromboli e outros vulcões das ilhas Lipori. Entretanto, a 26 de agosto, às 5 horas da noite, percebia-se que o Krakatoa trabalhava terrivelmente nas suas cavernas ardentes. ("A catástrofe de Java", *Gazeta da Tarde*, 7 de fevereiro de 1884)

Um vulcão nunca dorme.

Durante a noite de 26 aumentaram em violência os abalos e as erupções. A ilha inteira ficou ameaçada pelo mar. As ondas atiravam-se-lhe com tal força, que a ilha como que parecia prestes a romper-se. À meia-noite formou-se uma enorme nuvem luminosa por cima da serra dos Kandong que orla a costa sudoeste. À proporção que a nuvem estendia-se, aumentavam as erupções. ("O terremoto de Java", *Jornal do Commercio*, 27 de setembro de 1883)

Uma imagem recente do Mauna Loa, captada por satélite e publicada nas redes sociais em 27 de janeiro de 2023, em que o vulcão aparece todo pixelado em preto e branco, sem qualquer contorno definido e, por isso mesmo, tendendo ao informe, me fez lembrar das gravuras da série *Opisanie świata*, de Roman Opałka.

Em polonês, *opisanie świata* significa "descrição do mundo" e é como se costuma traduzir o título de *Il milione*, do viajante italiano Marco Polo. É, portanto, uma expressão que se refere às viagens e ao conhecimento. Na série de águas-fortes de Opałka, realizada entre 1968 e 1970, essa mesma expressão não remete a uma descrição qualquer do mundo. Não se trata de um relato de viagem. São tentativas de reinvenção da criação bíblica do universo. A série se constitui, mais precisamente, como uma descrição *genesíaca* do mundo.

No ensaio que nunca dei por concluído sobre uma das gravuras da série, afirmava à guisa de final: "Em sua *Descrição do mundo*, Opałka promove um retorno ao princípio de tudo, ao Gênesis, como se propusesse um novo começo para esta sociedade cada vez 'menos humana', como se quisesse recriar o mundo e a humanidade. No entanto, como na Bíblia, a humanidade que faz surgir do buraco negro na água-forte *Do interior* já vem fadada a desaparecer. Assim, ela não tem

outro caminho a seguir senão aquele de sua própria destruição. O fundo escuro da gravura parece ecoar as palavras de
Kafka: 'há esperança suficiente, esperança infinita — mas
não para nós'".

Sobre Sumatra, erguiam-se três enormes colunas de fogo e, numa extensão de muitas milhas, começou a cair abundante chuva de poeiras. Era tanta a poeira do ar que a escuridão se tornou medonha. ("A catástrofe de Java", *Jornal do Commercio*, 28 de setembro de 1883)

Uma das gravuras da série *Opisanie świata*, talvez a que mais se pareça com a imagem do Mauna Loa feita por satélite, se chama *Terra*.

Torrentes de lava corriam descendo das encostas dos montes, enchiam os vales, varrendo tudo quanto lhes punha tropeços. Lá para as 2 horas da madrugada a nuvem separou-se em duas porções, e depois esvaneceu-se. Ao amanhecer, viu-se que uma nesga de terra de umas 50 milhas quadradas havia desaparecido. Duas vilas importantes estavam destruídas, e nenhum dos seus 15 000 habitantes escapou. ("O terremoto de Java", *Jornal do Commercio*, 27 de setembro de 1883)

O Anak Krakatoa chegou a ter 324 metros de altura. Contudo, perdeu dois terços de seu tamanho com a erupção de 22 de dezembro de 2018, que também desencadeou um tsunami. Restam-lhe hoje 110 metros de altura e ele segue ativo.

Sua última erupção foi na madrugada de 11 de abril de 2020. A explosão foi ouvida em Jacarta, a 150 quilômetros de distância, e as cinzas foram lançadas a 500 metros de altura. Houve risco de tsunami, que, porém, não se concretizou. Nas redes sociais, o evento foi visto como mais um indício do fim do mundo, depois da ameaça de Terceira Guerra Mundial em janeiro, do novo coronavírus se espalhando pelo mundo em fevereiro, do registro de estranhos barulhos no céu em março.

Para completar a cena de devastação, desencadeou-se um temporal terrível, verdadeiro ciclone que começou a arrancar telhados e árvores e a arremessar ao chão homens e animais. ("A catástrofe de Java", *Jornal do Commercio*, 28 de setembro de 1883)

Dois dias depois da última erupção do Anak Krakatoa, em 13 de abril de 2020, avistaram-se na noite de Kepuh, na Indonésia, figuras assombradas, envoltas em mortalhas brancas com os rostos cobertos de pó compacto e os olhos bem delineados em preto, que saltavam sem aviso diante dos passantes e, em seguida, desapareciam na escuridão. Tratava-se de um pequeno exército de *pocongs* contratado pelo governo local para patrulhar as ruas. *Pocong* é um personagem do folclore indonésio que representa as almas mortas. Esperava-se que o medo desse personagem, associado a uma antiga superstição relativa à morte, mantivesse as pessoas em casa e, assim, a salvo do novo coronavírus. Mas tão logo os voluntários fantasiados começaram a aparecer nas ruas, o efeito foi inverso: todos queriam sair para ver e fotografar as aparições.

Cinco meses depois, em 15 de setembro, oito pessoas que violaram o uso obrigatório de máscaras em público em Java Oriental, também na Indonésia, foram obrigadas pelas autoridades a cavar sepulturas para vítimas da covid-19. Os contraventores foram divididos em duplas: uns ficaram responsáveis por cavar e os outros por instalar tábuas no interior das covas.

A 26 de agosto tornaram-se mais distintos os ruídos, e, ao meio-dia, o Maba Meru, o maior dos vulcões, entrou a lançar horrorosas chamas. Após esse, outros vulcões menos importantes principiaram a imitá-lo; em breve um terço das crateras da ilha de Java estava em erupção ou ameaçava ferver. As chamas que subiam desses vulcões aclaravam a atmosfera, que, incontinenti, tornava-se opaca com as torrentes de lava e de lama sulfurosa vomitadas pelos mesmos. No mar davam-se ao mesmo tempo assombrosos fenômenos. Formavam-se de uma vez 15, 20 mangas-d'água. ("O terremoto entre Java e Sumatra", *A Província de S.Paulo*, 29 de setembro de 1883)

Três anos e um mês antes da última erupção do Anak Krakatoa, o então presidente Michel Temer, em entrevista a jornalistas, justificou sua recusa em permanecer no recém-reformado Palácio do Alvorada por supor que, durante a madrugada, era atormentado por fantasmas: "Senti uma coisa estranha lá. Eu não conseguia dormir, desde a primeira noite. A energia não era boa", disse ele.

Em outubro de 2007, uma reportagem de um grande jornal brasileiro revelou que o Supremo Tribunal Federal vive assombrado pelo espírito dos ex-ministros, que, principalmente à noite, vestidos de beca, batem portas, arrastam móveis e sussurram nos ouvidos dos funcionários. Mas o mais assustador dos fantasmas não foi ministro. É a mulher de túnica longa e branca, loira e sorridente, que tem como função conduzir os mortos ao lugar que lhes é reservado.

Depois do meio-dia de 27 tornaram-se mais violentas as detonações terminando com um abalo, por tal forma descomunal que foi deslocado o vulcão indo de todo vomitar o seu seio de metralha nas águas do mar, donde ainda explodiu um derradeiro jato destruidor! ("As erupções vulcânicas no estreito de Sunda realizadas nos dias 26 e 27 e agosto de 1883", *Diário de Pernambuco*, 13 de janeiro de 1884)

Uma semana depois da morte do meu avô materno, eu o vi, no meio da madrugada, parado diante da pequena televisão em preto e branco que era dele e que ele havia nos deixado antes de se separar definitivamente da minha avó e de ir morar a 493 quilômetros de Porto Alegre. Despertei por completo com minha irmã, que dividia o quarto comigo, chorando muito na cama ao lado. Quando nossa mãe apareceu assustada, querendo saber o que havia acontecido, eu a tranquilizei: "Não precisa se preocupar, mãe, ela está vendo o vô".

Na madrugada de 2 de julho de 2020, um homem foi detido, em Manaus, por ter roubado o corpo da avó do cemitério e dançado abraçado com o cadáver pelas ruas da cidade. Quando o surpreenderam no Beco dos Pretos, populares e familiares o amarraram num poste e chamaram a polícia. Na delegacia, o homem afirmou que tudo o que queria era fazer um transplante na avó para trazê-la de volta à vida, porque sentia muita saudade. Pretendia fazer o mesmo com outros parentes mortos. Nos dois anos anteriores, não foram poucas as vezes em que foi visto no cemitério conversando com a avó falecida.

Quatro dias depois do ocorrido em Manaus, um amigo de Facebook me escreveu em mensagem fechada: "O Ossa, que é seu Odu central, está ligado aos Eguns — fantasmas —, o que a coloca em relação com Omolu de alguma forma".

O estrondo da medonha explosão foi ouvido na décima terça parte da superfície da Terra. ("Um pouco de tudo", *Diário de Pernambuco*, 4 de outubro de 1889)

Na noite quente de verão daquele ano maldito em que me recusei a envelhecer, três rapazes, que vinham a pé pela calçada estreita e mal iluminada, fizeram sinal para que eu parasse o carro. Eles vestiam grossos casacos de inverno e estavam tão molhados que seus cabelos pingavam. Andavam encurvados e de cabeça baixa. Pareciam estar cansados de vagar há tanto tempo pelos arredores da pequena cidade que era a deles e que eles não reconheciam mais. Eu poderia simplesmente tê-los ignorado, mas fiquei com pena e parei. Perguntei o que tinha acontecido. Um deles respondeu que queriam ir para casa, mas estavam perdidos. Senti que era preciso contar-lhes a verdade, porque não queria que sofressem mais. Então lhes disse: "Vocês estão mortos".

Pode-se dizer que a explosão do Krakatoa foi ouvida no mundo todo; pela primeira vez, o barômetro serviu de telefone. (J. Jamin, "Les rougeurs du ciel", *Revue des Deux Mondes*, 1º de maio de 1884)

Se eu começasse o livro com uma pergunta, faria outra mais ou menos a essa altura, produzindo, por um lado, uma espécie de desdobramento da questão anterior e, por outro, uma cisão nesse *eu* que escreve, como se este pudesse se apresentar ora como voz, ora como memória. A pergunta seria: "Você já reparou que, vivos, só sobramos nós dois na foto?".

Foi no dia 27 de agosto que toda a parte setentrional de Krakatoa desapareceu sob as águas, e que se levantou a terrível vaga, que, saindo do estreito de Sonda, foi quebrar a sua força sobre toda costa sudoeste de Java, não deixando atrás de si senão ruínas. ("Os vulcões de Java", *Diário de Pernambuco*, 4 de dezembro de 1883)

Em 17 de outubro de 2017, parti para a Indonésia para participar de dois festivais literários — um em Jacarta e outro em Ubud — assim como da Bienal de Yogyakarta. Meus companheiros de jornada eram o Hugo, o Carlos e o Victor. O Hugo e o Carlos moravam na Indonésia. O Victor já estava lá havia um mês quando cheguei.

O Hugo e o Carlos já eram meus amigos antes da minha ida à Indonésia. Havíamos nos conhecido em outra viagem de trabalho, quando eu fora a Bruxelas sete anos antes, para onde os dois haviam apenas se mudado. Mas com o Victor eu ainda não tivera mais contato além de nos cumprimentarmos em lançamentos de livros de amigos em comum quando ele morou em São Paulo.

Como era a mais velha da turma, brincava que era a mãe de todos e chamava o Victor, que era o mais jovem, de "filhão".

Em indonésio, "mãe" é *bunda*.

A grande vaga foi até Batávia, derribou uma doca, arrastou grande número de navios e deitou por terra muitos muros. Toda a cidade se cobriu de cinzas e de pedras-pomes. ("Os vulcões de Java", *Diário de Pernambuco*, 4 de dezembro de 1883)

Em 25 de setembro de 2017, os participantes do Ubud Writers & Readers Festival receberam um e-mail da organização do evento, alertando para uma possível erupção do Monte Agung, a 35 quilômetros a nordeste de Ubud. Segundo a mensagem, não havia perigo iminente para as áreas fora do raio de 12 quilômetros de distância do vulcão, mas era bom ficarmos atentos. Quase um mês depois, em 21 de outubro de 2017, recebemos outro e-mail avisando que a área em torno do vulcão já havia sido evacuada, mas ainda não tinha como saber se o festival seria afetado. E o redator da mensagem acrescentava: "O maior impacto da erupção seria uma nuvem de cinzas que poderia ser visível de Ubud e teria potencial para afetar a chegada e a saída de voos de e para Bali". No final, aconselhava os participantes do festival a trazer um guarda-chuva, uma capa de chuva e máscaras N95, das quais, até então, nunca ouvira falar.

Na época, eu ainda não me interessava por vulcões.

A onda subia durante 5 minutos, permanecia no alto durante muito tempo e depois desencastelava-se bruscamente. ("A catástrofe de Java", *Gazeta da Tarde*, 7 de fevereiro de 1884)

Eu não queria ir à Indonésia. Pelo menos não naquele ano.

Na segunda-feira de manhã, a cratera rompida produziu uma formidável vaga que, precipitando-se sobre os dois lados opostos, submergiu cidades inteiras fazendo, segundo consta, mais de 30 000 vítimas. Afinal, minutos antes do meio-dia de segunda-feira, ecoou pelo espaço uma detonação enorme, maior que todas as outras detonações: o vulcão deslocado lançava o seu derradeiro jato de lava, com um esforço supremo, desfazendo-se, pouco a pouco. ("A catástrofe de Java", *Gazeta da Tarde*, 7 de fevereiro de 1884)

Na madrugada de 17 de outubro de 2017, sozinha na sala de embarque do Aeroporto Internacional de Guarulhos, esperando o avião que me levaria para Jacarta com escala em Doha e que partiria com um atraso mínimo de 4 horas, tive vontade de fazer um diário da viagem. Com o pouco tempo que ainda me restava de internet gratuita, postei no Facebook:

Quando pequena, ganhei de uma amiga, como presente de aniversário, um diário vermelho, de capa paradoxalmente dura e fofa, que fechava com um cadeado, liberado apenas com a chave correspondente. Parecia um diário antigo, que havia sido guardado (ou esquecido) numa gaveta do armário. Suas páginas tinham o amarelado por meio do qual o tempo, às vezes, se dá a ver. Se antigo, porém, era virgem, como algumas freiras de mais idade que fizeram, na juventude, voto de castidade (se é que essas freiras — como as coincidências — de fato existem). Gostava de pensar que ele talvez, um dia, houvesse sido descoberto (ou redescoberto) para ser meu. E isso era uma alegria e uma desgraça: o que escrever em algo que, na minha imaginação, havia sido destinado para mim? Como eu conversaria com ele? Como eu o trataria? Ele seria como um padre a quem me confessaria (o cadeado me induzia a pensar no que não se deve falar à luz do dia, além de estar na época da primeira comunhão)? Se sim, o que haveria de tão sério para escrever que exigisse ficar em segredo? Tinha 10 anos (ou 8 ou 9 ou 11) e não lembro se foi uma decisão consciente começar me dirigindo a ele com o tradicional "querido diário". Mas lembro que nunca me senti à vontade com este tratamento, porque sabia não ser o adequado. Por essa razão, talvez nunca tenha conseguido manter um diário. Esta será minha segunda investida: uma tentativa de diário da viagem à Indonésia. Nunca fui tão longe, e sozinha. Nas redes sociais, parece-me, um diário faz todo sentido: está aí, nu e sem cadeado, a quem interessar possa — embora creia que, na verdade, eu o escreva especialmente para o Eduardo, para que ele esteja sempre comigo, mesmo à distância.

Uma onda escura avança com velocidade incrível, os que a percebem fogem a bom fugir e alguns escapam. A água sobe sempre e leva consigo homens, mulheres e crianças. A esta se sucedem outras de 35 metros de altura, e quase todos que escaparam do primeiro, não ficam de pé ao novo choque. Anger deixou de existir. Às 10 horas da manhã é noite fechada e os poucos habitantes que sobrevivem, sem norte, sem rumo, tateiam nas trevas, e caem, e são esmagados pelas árvores que tombam a cada momento. ("A grande erupção vulcânica do estreito da Sonda", *Revista Marítima Brazileira*, janeiro de 1884)

Nos primeiros dias, devo ter feito mais umas três ou quatro postagens. A maioria delas referente à própria viagem. Depois, elas se tornaram bem mais escassas. O diário então fracassou. De novo.

Em nenhuma postagem comentei sobre a iminência da erupção do Monte Agung. Nem mencionei que, um dia, quando eu, Hugo e Victor voltávamos de uma visita a um templo próximo a Ubud, paramos na estrada para tirar foto do vulcão, que cuspia fumaça.

Na verdade, não tirei foto alguma do Monte Agung. Péssima fotógrafa que sou, havia esquecido de recarregar a bateria da câmera. Quem tirava foto de tudo era o Victor. O sonho dele era ver o vulcão em plena atividade, para poder fotografar a lava de pertinho.

A onda atravessou todo o mar das Índias, e o oceano Atlântico, vindo fazer-se sentir na costa da América do Norte a 29. Que velocidade medonha, que força prodigiosa impeliu esta vaga que em dois dias chegou às do novo mundo! ("A grande erupção vulcânica do estreito da Sonda", *Revista Marítima Brazileira*, janeiro de 1884)

Quando estive em Porto Alegre na semana anterior à viagem para a Indonésia, meu pai me deu para ler o verbete sobre o país no *Almanaque Abril Cultural* de 2015. Foi por lá que fiquei sabendo que, em território, a Indonésia é bem menor que o Brasil, mas o ultrapassa em número de habitantes: enquanto estamos na casa dos 210 milhões, eles têm mais de 250. Desses, a imensa maioria (aí, sim, número equivalente à população brasileira) é muçulmana, o que faz dela o maior país muçulmano do mundo. Depois, o almanaque listava uma série de atentados nas regiões não muçulmanas do país, como Bali, onde fica Ubud.

Enquanto estive em Jacarta, sempre acordava às 4 horas da manhã com o rumor que se espalha pela cidade em função da primeira oração do dia.

Em Yogyakarta, embora uma das poucas cidades indonésias de maioria católica, minha fala foi interrompida para respeitar a oração das 11 horas da manhã. Permanecemos todos 10 minutos em silêncio em respeito àqueles que rezavam.

A horrenda vaga, com a celeridade média de 250 metros por segundo, propagou-se pelo oceano Pacífico, atravessou o mar Índico e penetrou no Atlântico. ("Um pouco de tudo", *Diário de Pernambuco*, 4 de outubro de 1889)

O ateísmo é crime na Indonésia. O Hugo me contou que, quando se preenche um formulário, deve-se necessariamente marcar uma das seis religiões oficiais permitidas pelo governo: islamismo, catolicismo, protestantismo, budismo, hinduísmo e confucionismo. Todas as outras são ilegais.

"Mas como fica o Victor, que é umbandista?", perguntei ao Hugo. "Essa é fácil", ele me respondeu, "basta marcar 'hinduísmo'."

Já demos conta aos nossos leitores das ondas que se formaram, que atravessaram todo o oceano, e foram produzir verdadeiros temporais na margem oposta, entrando pela terra e fazendo subir de nível as marés. No ar aconteceu o mesmo. Massas enormes de cinzas subiram às altas camadas e ali ficaram em suspensão. Diversas correntes de rotação da Terra e do próprio movimento encarregaram-se de saturar dessas cinzas toda a atmosfera. ("Os clarões crepusculares", *Gazeta da Tarde*, 6 de junho de 1884)

Uma das advertências gravadas nas poltronas da aeronave da Qatar que me levou à Jacarta, com escala em Doha, dizia: "Para sua segurança, permaneça sentado com o cinto afivelado enquanto rezar a bordo".

O abalo do ar produziu uma vaga atmosférica que se propagou desde Krakatoa até os seus antípodas (Bogotá, da Colômbia). Graças aos barógrafos colocados em várias estações meteorológicas pôde a mesma vaga ser acompanhada pela observação no seu giro à roda do globo, que percorreu três vezes com celeridade quase igual à do som. ("Um pouco de tudo", *Diário de Pernambuco*, 4 de outubro de 1889)

Em 27 de outubro de 2017, postei no Facebook:

> Contam-se nos dedos os estabelecimentos em Ubud, Bali, em que não há oferenda na porta. Toda manhã, religiosamente, são depostas as oferendas nas calçadas em frente à entrada. No hotel em que estávamos, que se estruturava como uma pequena vila ao longo de um jardim e em torno da piscina, as oferendas eram deixadas em vários pontos: em determinadas partes do caminho, nos altares erguidos a certas divindades hindus, debaixo de algumas árvores, na porta de entrada. Os carros também levam oferendas no painel ou no para-choque. Bali é hindu, mas faz parte do maior país muçulmano do mundo, onde é lei adorar um deus único. Por isso, quando se pergunta, por curiosidade, para quem são as oferendas, a resposta é automática, talvez ensaiada: "Para Deus".

A medonha erupção vulcânica do Krakatoa lançou na atmosfera um jato de vapores e de poeiras com uma violência por tal forma inaudita que não somente esses vapores e essas poeiras se elevaram nas regiões superiores até 20 000 metros de altura mas além disso a atmosfera que circundava esse jato de vapor foi por tal forma abalada que como em um lago em que se lançou uma pedra se transmitiam ondulações, e com tal ímpeto que essa emoção atmosférica se comunicou ao globo inteiro dando a volta ao mundo em 35 horas. (Camillo Flamarion, "Perturbações da atmosfera e do oceano", *Publicador Maranhense*, 22 de setembro de 1885)

O Hugo me contou também que, em Jacarta, não costuma haver, nos prédios, os andares de final 4, porque é este o número da morte. Dessa maneira, pula-se normalmente do 13º para o 15º, do 23º para o 25º e assim sucessivamente. Conferi isso no edifício em que jantávamos: não havia os andares 14, 24, 34, 44 e 54. E lembrei que, no avião que nos levou a Ubud, tampouco havia fileiras com o final 4.

Quando voltei para o hotel, me dei conta de que haviam me colocado no quarto andar, no quarto 404.

Quando essa ondulação atmosférica passou por cima de Paris fez baixar os barômetros dos observatórios mais de 2 milímetros. Chegou a Paris a 1 hora e 50 minutos da tarde a 27 de agosto, dez horas depois da erupção de Krakatoa, tendo caminhado precisamente com a velocidade de 1180 quilômetros por hora ou 328 metros por segundo. (Camillo Flamarion, "Perturbações da atmosfera e do oceano", *Publicador Maranhense*, 22 de setembro de 1885)

Os gregos acreditavam que as cidades dos mortos ficavam abaixo do Etna e que a entrada para o Hades se dava por alguma das crateras dos Campi Flegrei.

A atmosfera era de cinza e fumo.

Todos julgaram ser chegada a hora derradeira.

Todos os seres vivos que habitavam perto das costas foram engolidos pelas ondas.

Ainda passado muito tempo depois, os navios encontravam boiando sobre as águas numerosos grupos de cadáveres entrelaçados e abrindo os grandes peixes encontravam dentro deles dedos e unhas e pedaços de crânios vestidos de cabelos. (Camillo Flamarion, "Perturbações da atmosfera e do oceano", *Publicador Maranhense*, 22 de setembro de 1885)

Uma noite, em Jacarta, três vizinhas do Hugo e do Carlos foram jantar conosco. Elas precisavam discutir uma questão que as atormentava por aqueles dias: a casa ao lado, abandonada havia anos, seria demolida, e elas não sabiam para onde se mudaria o fantasma que lá morava.

Nos galopes dos mastros, nos punhos das vergas, no aparelho, moviam-se fogos de Sant'Elmo. Os passageiros indígenas,
excepcionalmente supersticiosos, acreditando ser a violenta
erupção um sinal prenúncio de naufrágio, tentavam apagá-los
ainda nas maiores alturas; mas com real espanto viam aparece-
rem em outros pontos. Os chins rolavam uns sobre os outros
e nos curtos intervalos em que o mar se acalmava ouvia-se —
La illah, *la illah*, oração ao Deus do Islã. ("A grande erupção
vulcânica do estreito da Sonda", *Revista Marítima Brazileira*,
janeiro de 1884)

O Monte Agung não entrou em erupção enquanto eu estava na Indonésia, mas só a partir de 21 de novembro de 2017. A erupção magmática começaria mesmo apenas quatro dias depois.

Naquele 25 de novembro, eu estava no México, participando de outro evento literário. Quando encontrei o Hector em Guadalajara, depois de termos nos conhecido em Ubud, ele me perguntou pelo Victor. "Está bem", respondi sorrindo e sem hesitar, como costumava fazer nessas situações, mesmo não tendo notícia daquele sobre o qual se indagava havia quase tanto tempo que o indagador.

Muitos dos que foram vítimas na última catástrofe, ao sentirem oscilar o terreno sob seus pés, lançavam-se de bruços e faziam porta-voz com as mãos, para gritar o mais fortemente possível: *Ada orang!* Mas a *grande serpente*, que sustêm a terra, continuando a agitá-la, fez *ouvidos de mercador* até conseguir soterrar os supersticiosos gritadores. ("As erupções vulcânicas no estreito de Sunda realizadas nos dias 26 e 27 e agosto de 1883", *Diário de Pernambuco*, 13 de janeiro de 1884)

"Está vendo aquelas estátuas no alto da igreja?", perguntou-me a Paula, quando estávamos diante da Catedral da Assunção da Santíssima Virgem Maria aos Céus, na Cidade do México. "A única que caiu no último terremoto foi a alegoria da Esperança", completou ela.

Nunca aurora alguma foi tão ansiosamente esperada como a de 28 de agosto que rompeu às 4 horas da manhã. ("A grande erupção vulcânica do estreito da Sonda", *Revista Marítima Brazileira*, janeiro de 1884)

Exatamente dois meses antes de embarcar para a Indonésia, em 17 de agosto de 2017, o Eduardo me disse que houvera um terremoto naquela madrugada em São Paulo. Não senti nada. Nunca sinto.

Três anos e treze dias depois do terremoto em São Paulo, um sismo de 4,6 graus de magnitude na escala Richter foi sentido nas cidades de Mutuípe, no Vale do Jiquiriçá, e Amargosa, no Recôncavo Baiano. Mais de 50 casas apresentaram rachaduras. Um vídeo com produtos caindo das prateleiras de um supermercado rodou o domingo inteiro nas redes sociais. Dada a baixa frequência de tremores de terra dessa magnitude em território brasileiro e a sucessão de desgraças que se abateu no mundo no ano de 2020, houve quem falasse, novamente, em fim dos tempos.

Já há quem diga que é provável terem sucumbido de 80 a 100 000 habitantes, sendo certo que todo o destacamento holandês de Anjer desapareceu nas ondas com a fortaleza que foi inteiramente submergida. Na costa de Sumatra, na baía de Lampong, em cuja extremidade achava-se a cidade de Telok--Betong, um montão de pedras vulcânicas encheu o basto espaço, ainda ontem ocupado pelo mar. ("O terremoto de Java", *Jornal do Commercio*, 27 de setembro de 1883)

Em 9 de junho de 2020, remexendo nos meus arquivos, encontrei o diário vermelho de capa paradoxalmente dura e fofa. Meu primeiro espanto foi perceber que, ao contrário do que havia afirmado no post do Facebook, eu mantivera, sim, um diário — e por anos. E este começava em 17 de dezembro de 1982, falando da comemoração do meu aniversário. Só que não faço aniversário em dezembro, mas em janeiro. Por que eu tinha mentido num diário fechado a cadeado, lido só por mim?

Quem era aquela que se dizia *eu*?

Uma porção do estreito ficou fechada por uma barra flutuante de pedra-pomes, abrangendo a extensão de 30 quilômetros sobre uma largura que se pode avaliar em um quilômetro. Esta muralha movediça, elástica, que balouçava ao fluxo e refluxo do mar, era tal que durante muito tempo nenhum navio ousou transpô-la. ("A catástrofe de Java", *Gazeta da Tarde*, 7 de fevereiro de 1884)

Na verdade, não encontrei o diário por acaso. Sabia muito bem onde o guardava: no armário em frente à escrivaninha. Lá também estavam outros dois cadernos e duas agendas que tinha usado com essa finalidade.

Em Batávia, morreram 20 000 chineses e cerca de 800 europeus. Da parte baixa da lindíssima cidade já não existem nem vestígios. A cidade de Butam foi completamente coberta pelas águas e presume-se que o número de vítimas é aproximadamente de 1500. Na de Serang não escapou ninguém. Em Cheriben, onde entretanto não produziu a inundação grandes estragos, morreu muita gente esmagada pelas grandes pedras que rolavam das montanhas ou queimadas pela lava. ("A catástrofe de Java", *Jornal do Commercio*, 28 de setembro de 1883)

Em 1º de julho de 2020, depois de anos sem nos vermos, reencontrei o Victor num final de tarde ensolarado e quente. Participávamos de um congresso de vulcanologia numa cidade litorânea que não sei qual é, nem sequer em que continente fica, mas que frequentemente aparece em meus sonhos. Eu estava parada no calçadão da praia esperando não lembro exatamente o que e ele vinha pela beira-mar num Passat cinza antigo, com motorista. O carro parou ao meu lado e o Victor, que estava no assento do passageiro, abriu a porta, num convite para que eu entrasse. Ele sentou no banco de trás comigo e fomos conversando, enquanto percorríamos aquela costa ao mesmo tempo estranha e familiar. Na verdade, fui falando o caminho todo. Victor estava mais quieto que de costume. Não lembro de ele ter emitido uma palavra sequer, nem para perguntar se eu queria carona. Enquanto eu falava sem parar, emendando uma história na outra, ficava pensando se não era meu excesso de eloquência que o deixava calado. (Uma vez, quando eu era criança e minha irmã caçula relutava em emitir as primeiras frases, ouvi minha mãe dizer para as amigas da praça: "A pequena não fala ainda porque a mais velha não dá chance".) Quando já estávamos quase chegando ao local onde eu desceria, que não era um hotel, nem um shopping, mas um conglomerado de construções indecifráveis, contava ao Victor que a quarentena imposta pela pandemia, no fim das contas, havia servido para trabalhar num novo livro, um romance sobre a Indonésia, e que eu o dedicaria a ele.

Em Mersk, pequena cidade industrial da costa de Java, só escaparam 3 pessoas, a saber: 1 guarda-livros europeu e 2 indígenas; da cidade, já não há nem vestígios. ("A catástrofe de Java", *Jornal do Commercio*, 28 de setembro de 1883)

Foi na última ida à Itália, no verão de 2019, que meu interesse pelos vulcões se intensificou. Era a primeira vez que visitávamos a Sicília, uma viagem tantas vezes adiada por mim e pelo Eduardo.

Dias antes de chegarmos à região, o Stromboli entrou em erupção. O turista brasileiro, amigo do italiano morto atingido por uma pedra expelida pelo vulcão, contou aos jornais que, de repente, uma chuva de lava solidificada começou a cair por todos os lados. "Era uma chuva de detritos do tamanho de um fogão, ou de uma máquina de lavar", disse ele.

Os navios que atravessaram o estreito nos três dias que se sucederam ao desastre narram todos terem encontrado montões de cadáveres flutuando. O transatlântico holandês *Batavia* conta que, a 3 de setembro, passando à vista do cabo Vlakke-Hock a 100 quilômetros das costas de Sumatra, encontrou inumeráveis cadáveres mutilados; um outro navio, alemão, refere que durante uma parte de sua viagem teve dificuldade em mover-se, tamanho era o número de corpos que cercavam o navio. Em Serang, abrindo-se o corpo de um Kakap, peixe do mar das Índias, encontraram-se dedos humanos, ainda com unhas. ("A grande erupção vulcânica do estreito da Sonda", *Revista Marítima Brazileira*, janeiro de 1884)

A 20 minutos de acabar *Stromboli*, de Roberto Rossellini, o vulcão que dá título ao filme entra em erupção. Pedaços de pedras em chamas caem sobre a cidade construída ao pé da montanha, destruindo casas. Os habitantes correm todos para os barcos dos pescadores, onde permanecem a noite inteira rezando para que a fúria do vulcão cesse. De manhã, o Stromboli está mais calmo e todos voltam para suas casas. Karen, a estrangeira, que era a única que não rezava com os demais à noite, decide que vai embora da ilha: ela não quer dar à luz e criar um filho naquele lugar. O marido a tranca em casa, mas ela consegue fugir com a ajuda de um pescador, para quem conta seus planos de ir a pé até Ginostra. O pescador a adverte que não há como fazer isso sem escalar o vulcão. Os 9 minutos finais do filme mostram a personagem subindo o Stromboli, com uma mala e uma bolsa nas mãos. Em princípio, ela vai decidida. Mas tão logo chega ao alto, parece cansada. Em pouco tempo, já está sem mala e bolsa. Tropeça, tosse muito, tenta se proteger da fumaça que sai das bocas do vulcão com um lenço sobre o rosto. Continua a subir e a tossir. Olha para o alto, para o que falta ainda escalar. Não vê nada, só montanha e fumaça. Olha para trás e não vê mais a cidade, só montanha e fumaça. Não há mais ponto de referência. Anoitece e ela continua a subir. Sobe, tropeça, cai, chora, levanta. Seguidas vezes, põe a mão na barriga como se, com este gesto, pudesse proteger o filho que gera. Segue nesse desespero até que cai no chão uma última vez e grita:

"Basta!". O céu está estrelado. O choro vai, aos poucos, parando. Amanhece. Ela está dormindo sobre as cinzas. O sol bate em seu rosto e ela acorda. Antes de pedir a Deus que ele a salve, ela senta, olha para o vulcão, põe uma vez mais a mão sobre a barriga e diz: "Como é belo".

Dezoito anos depois, Pasolini homenageia esta cena no final de *Teorema*. Na sua versão, é o pai de família que vaga, nu e perdido, sobre o Stromboli. Nas cenas anteriores, como um são Francisco de Assis, o personagem havia se despojado de seus bens: da indústria que possuía às roupas que usava, as quais deixa jogadas no chão de uma estação de trem em Milão. Seu despojamento, contudo, antes de indicar alguma forma de ascetismo, parece sugerir justamente o contrário: a perda da esperança. Nos segundos finais de sua escalada pelo Stromboli, quando a câmera dá um close em seu rosto, ele grita. Grita sem parar até quando não vemos mais seu rosto e sua imagem é substituída pelo slide que indica o "Fim".

As cidades de Anger, Teringen e Telok-Belong já não são senão um monte de ruínas. ("A catástrofe de Java", *Jornal do Commercio*, 28 de setembro de 1883)

Na véspera da chegada a Catânia, foi a vez do Etna cuspir lava. A explosão de fogo foi mostrada até mesmo nos telejornais brasileiros. Enquanto permanecemos na cidade, ele não mais explodiu. Mas uma fumaça constante e volumosa saía de suas crateras ardentes. O Etna só foi entrar em erupção novamente um dia depois de nossa partida.

Desde então, passei a monitorar os vulcões.

Anger era um lindíssimo porto, todo rodeado de luxuriante vegetação em cuja praia havia uma das mais bonitas nogueiras do arquipélago malaio. Seus ramos formavam uma abóbada de mais de 50 metros de diâmetro na base. ("A catástrofe de Java", *Jornal do Commercio*, 28 de setembro de 1883)

O Etna não é um vulcão, mas uma vulcoa. Tem 700 bocas e é mãe. Com tantas bocas, surpreenderia se não cantasse.

A cratera que dois dias antes lançava tanta cinza e tanto fumo desapareceu, e pelo lugar onde esteve passam agora tranquilamente as ondas. Só uma quarta parte da ilha ainda é vista, todo o resto afundou, deixando apenas, como indicadores da grande catástrofe, dois rochedos isolados e, assinalando o lugar onde esteve o vulcão, uma coluna de água e fumo que ora se eleva, ora desaparece para se elevar de novo. Nas costas de Java a cena é ainda mais terrível. As árvores como as aldeias desapareceram sem deixar nem mesmo as ruínas. ("A grande erupção vulcânica do estreito da Sonda", *Revista Marítima Brazileira*, janeiro de 1884)

Em 2019, não visitamos o Stromboli, nem o Etna. Nas duas vezes em que fomos a Nápoles (uma delas naquela viagem), não subimos o Vesúvio. Mas, na última, vimos uma exposição de desenhos, pinturas e gravuras do vulcão. A serigrafia de Andy Warhol ocupava sozinha toda uma parede.

Tampouco visitei o conjunto vulcânico dos Campi Flegrei, talvez o mais ameaçador da região napolitana, porque fica dentro da cidade. Como parte de sua estrutura está submersa no Golfo de Pozzuoli, ele não se eleva e, portanto, não é visto à distância, como o Vesúvio. Nos últimos dez mil anos, percebe-se na região o fenômeno conhecido como *bradissismo*, que indica uma lenta elevação, seguida de uma redução do solo. É como se a terra, ali, respirasse.

Quando chegamos a Roma, a Gislaine nos contou que toda a região dos Colli Albani, onde estávamos na ocasião, se ergue sobre um imenso vulcão extinto. "Se entrar em erupção", comentou ela ainda, "destrói tudo que está aqui em volta, até Roma."

Os coolies embarcados a 26 em Anger procuram embalde suas habitações. Provavelmente seus arrozais estão destruídos, e suas mulheres e filhos pereceram. Imaginais entretanto que se entristeceram, que procuraram mesmo com risco da própria vida desembarcar para buscar cadáveres dos seus? Engano: sem dedicar um só pensamento ao lar destruído, sem derramar uma lágrima pelas famílias, pelos amigos vítimas das catástrofe, eles dançam, festejando o feliz acaso que os livrou do desastre. ("A grande erupção vulcânica do estreito da Sonda", *Revista Marítima Brazileira*, janeiro de 1884)

Em *Viagem à Itália*, também de Roberto Rossellini, realizado quatro anos depois de *Stromboli*, a personagem vivida por Ingrid Bergman — mesma atriz que fizera Karen — passeia entre as inúmeras crateras ardentes dos Campi Flegrei. O guia que a conduz a ensina a assoprar, a uma certa distância, a chama do cigarro sobre uma das crateras, fazendo com que a fumaça que vem da lava quente se intensifique não apenas na cratera em questão, mas em todo o conjunto. Fascinada com o resultado, ela parece ter esquecido o receio que sentira ao chegar.

O vulcão de Krakatoa foi submergido, e entre a posição que ele ocupava e a ilha Sebese apareceram 16 vulcões. ("Explosão vulcânica no estreito de Sonda", *Jornal do Commercio*, 25 de setembro de 1883)

Quando esteve em Nápoles em 1787, Goethe subiu o Vesúvio duas vezes quando este ainda estava em plena atividade, em 2 e 6 de março. Na segunda subida, em que caminhou com um guia até a boca da cratera ardente, quase morreu com uma explosão súbita, que lançou por cima de sua cabeça inúmeras pedras e lava fresca.

Dias antes, em 27 de fevereiro de 1787, Goethe havia anotado em seu diário: "Perdoei a todos quantos perdem a cabeça em Nápoles, e lembrei-me comovido de meu pai, que preservou uma impressão indelével sobretudo das coisas que viu aqui e que hoje pude ver pela primeira vez. Da mesma forma como se diz que quem viu fantasma uma vez nunca mais voltará a ficar alegre, também dele se poderia dizer, ao contrário, que nunca mais seria de todo infeliz, porque se lembrava sempre de Nápoles".

Cerca de 430 a.C., Empédocles se atirou no Etna. O vulcão cuspiu de volta as suas sandálias de bronze, mas ficou com o corpo do filósofo de Agrigento.

Foi também no Etna que Zeus e Atena encerraram Encélado e Tifão. Eles estão lá até hoje.

Um dos mais curiosos fenômenos foi a formação repentina, na tarde de 29, de 14 novos ilhéus vulcânicos, que surgiram no estreito de Sonda. O caminho que seguiam os navios e mais embarcações parece totalmente modificado. ("O terremoto de Java", *Jornal do Commercio*, 27 de setembro de 1883)

Em março de 1945, exatamente um ano depois da última erupção do Vesúvio, Clarice Lispector visitou as lavas do vulcão, solidificadas em pequenos morros de até 30 metros de altura. Em carta à irmã Elisa, ela contou que, ao colocar a mão sobre esses morros, se podia ainda sentir a sua quentura.

Nessa mesma carta, Clarice escreveu que descobrira que o nome dado ao barulho que faz o vulcão quando vomita lava é "boato" e divertiu seus anfitriões italianos ao explicar-lhes que, em português, a palavra significa "rumor falso". "Nunca vi coisa menos falsa do que o barulho do Vesúvio", comentou ela, arrematando a história.

Levadas às mais altas regiões do oceano aéreo pela força da projeção e conduzida a 60 quilômetros de altitude, talvez, pelos ventos regulares, as "cinzas" reuniram-se em uma camada que modificou por muito tempo a transparência e a cor da atmosfera. Foi à sua presença que atribuíram esses clarões róseos do crepúsculo e da aurora, tão semelhante às auroras polares que, aliás, nada têm de comum com elas e com que tanto se ocuparam; foi também por causa delas que o sol ficou cercado de uma auréola estranha. (Stanislas Meunier, "Pedra-pomes proveniente do Krakatau", *Publicador Maranhense*, 29 de setembro de 1885)

Em fevereiro de 2004, dois físicos e uma catedrática de inglês sugeriram que as cores de fundo do célebre *O grito*, do artista norueguês Edvard Munch, foram influenciadas pelas alterações climáticas provocadas pela grande erupção do vulcão Krakatoa. O horizonte de fogo do quadro de Munch, em que o céu parece estar sendo lambido por labaredas vermelho--alaranjadas, poderia muito bem corresponder aos relatos que, na época, descreveram as auroras e os crepúsculos afetados pelas cinzas do Krakatoa. No entanto, se a hipótese procede, a pintura não foi realizada no calor da hora, mas dez anos depois, em 1893. Esse dado não passou despercebido pelos cientistas, que lançaram mão de passagens do diário e de outros escritos do artista a fim de demonstrar que os primeiros esboços para a obra datam de cerca de 1884, 1885. Poderiam ter lembrado, a propósito, a anotação de 1890 em que Munch diz: "Eu não pinto o que vejo — mas o que vi". Uma década depois do ocorrido, as cores sanguíneas do céu voltam à superfície pictórica não como fato, mas como sensação, não como realidade — mas como visão, fantasma, assombração.

Em 2019, quando abrigou uma retrospectiva de Munch, o British Museum lançou outra provocação a respeito de *O grito*: não seria a representação de um homem gritando, mas de uma pessoa sem sexo definido ouvindo o "grande grito da natureza". A hipótese estava baseada na anotação em alemão que

Munch havia feito em 1895 atrás da versão litográfica dessa pintura: "*Ich fühlte das grosse Geschrei durch die Natur*".

Num caderno de 1908, Munch anotou: "De noite, sonhei que havia beijado um cadáver e levantei com medo — os lábios pálidos e sorridentes de um cadáver eu beijei — um beijo frio e úmido — Era o rosto de Fru L.".

Um dos assuntos que mais têm intrigado a ciência nos últimos tempos consistiu no aparecimento de um clarão avermelhado, prolongando-se muito além do pôr do sol, e antecedendo a aurora, de um modo inteiramente novo e imprevisto. Em toda a parte do mundo tal fenômeno tem sido observado com estranheza, e a explicá-lo muitas hipóteses têm sido emitidas pelos homens da ciência. Entre nós, há muitos meses que o extraordinário fenômeno é visível. Dias, porém, têm havido que ele se apresenta com um brilho tal que faz lembrar os revérberos de um grande incêndio em uma floresta. (J. Jamin, "Os clarões crepusculares", *Gazeta da Tarde*, 6 de junho de 1884)

No aniversário de 50 anos do Eldfell, leio que o centro da Terra parou de se mover em algum dia de 2008 e que, desde então, começou a girar mais lentamente que a superfície. Os cientistas acreditam que, agora, muito provavelmente, ele já esteja até mesmo girando no sentido contrário ao do planeta. Será que, como os antigos discos quando eram tocados ao contrário, dará voz ao diabo?

O centro da Terra fica a cerca de 5 mil quilômetros de profundidade e é quase tão quente quanto o sol. Talvez ele seja um planeta dentro do nosso planeta — uma espécie de feto infernal gestado pela Terra.

Na atmosfera da Terra pairou uma camada espessa de cinzas que produziu colorações particulares e variáveis do Sol, nuvens brilhantes noturnas e os clarões crepusculares que com tamanha intensidade, e por algum tempo, foram vistos do Rio de Janeiro e de todo o Brasil. ("Um pouco de tudo", *Diário de Pernambuco*, 4 de outubro de 1889)

Menti para o Victor. O livro não seria sobre a Indonésia, mas sobre vulcões e fantasmas.

"Teu livro não é um romance", me disse outro dia o Eduardo, "é uma ópera, isto é, uma erupção."

Dessa convulsão tremenda restam-nos os belos clarões crepusculares como recordação. É provável, é natural, que eles vão perdendo a intensidade e por isso quem não os observou ainda, com suas fantásticas cambiantes, não perca ocasião, porque não se sabe ainda quando haverá um outro caso, igualmente *bonito*. ("Os clarões crepusculares", *Gazeta da Tarde*, 6 de junho de 1884)

Terima kasih! — é assim que os indonésios expressam agradecimento. A expressão significa literalmente "receba amor". Algumas pessoas colocam a mão no peito antes de dizê-la e, ao pronunciá-la, estendem a mão para a frente como se espalhassem o amor que tiraram de dentro de si. Assim fez a simpática Alb, que me recepcionou em Yogyakarta, quando se despediu de mim, do Hugo e do Carlos no aeroporto em 4 de novembro de 2017. O Victor não estava conosco. Ficaria sozinho mais uma semana na cidade e, depois, iria para Jacarta, onde permaneceria por mais uns vinte dias. Não chegamos a nos despedir e nunca mais nos vimos. Para mim, o Victor estará sempre na Indonésia.

© Veronica Stigger, 2024

Todos os direitos desta edição reservados à Todavia.

Grafia atualizada segundo o Acordo Ortográfico da Língua
Portuguesa de 1990, que entrou em vigor no Brasil em 2009.

capa e ilustração de capa
Estúdio Arado
preparação
Julia de Souza
revisão
Eloah Pina
Jane Pessoa

Dados Internacionais de Catalogação na Publicação (CIP)

Stigger, Veronica (1973-)
Krakatoa / Veronica Stigger. — 1. ed. — São Paulo :
Todavia, 2024.

ISBN 978-65-5692-707-7

1. Literatura brasileira. 2. Romance. 3. Ficção
contemporânea. I. Título.

CDD B869.3

Índice para catálogo sistemático:
1. Literatura brasileira : Romance B869.3

Bruna Heller — Bibliotecária — CRB 10/2348

todavia
Rua Luís Anhaia, 44
05433.020 São Paulo SP
T. 55 11 3094 0500
www.todavialivros.com.br

fonte
Register*
papel
Pólen natural 80 g/m²
impressão
Geográfica